CONSULTATION

SUR

LE MARIAGE

DU JUIF

BORACH LEVI.

À PARIS, AU PALAIS,

Chez {

La Veuve de PAULUS-DU-MESNIL, Imprimeur-Libraire, au Lion d'Or.

KNAPEN, Imprimeur - Libraire, au Bon Protecteur, & à la Justice.

M. DCC. LVIII.

CONSULTATION

Sur le Mariage

Du Juif B o r a c L e v i.

BORAC LEVI eſt né à Haguenau en Alſace, domination de France, Dioceſe de Straſbourg. Ses pere & mere étoient Juifs. Il a été élevé dans leur Religion, marié à Haguenau, & a épouſé Mandel Cerf, Juive comme lui. De ce mariage ſont nées deux filles encore vivantes aujourd'hui.

Borac Levi étant venu à Paris, s'eſt fait inſtruire, a embraſſé la Religion Catholique, & a été baptiſé dans l'Egliſe Paroiſſiale de Montmagny près Paris, le 10 Août 1752. Le 29 Mars 1755 il a fait baptiſer à Villeneuve - ſur - Bellot, Dioceſe de Soiſſons, lieu de ſon domicile actuel, les deux filles qu'il a eues de ſon mariage avec Mandel Cerf.

Levi, depuis ſon Baptême, a pluſieurs fois ſommé ſa femme de venir demeurer avec lui. Mais ſes prieres,

A

ses sollicitations , & toutes ses démarches ont été inu=
tiles auprès d'elle. Sur les refus perséverans de Mandel
Cerf, est intervenue Sentence en l'Officialité de Strasbourg le 7 Novembre 1754, qui , vû les sommations
faites par Levi , & les refus de Mandel Cerf, permet à
Levi de se pourvoir par mariage en face d'Eglise,
laissant à Mandel Cerf la liberté de faire de son côté
ce qu'elle jugera à propos, & d'épouser, si elle le
veut, un homme faisant profession de la Religion
Judaïque.

Levi dégagé par cette Sentence des engagemens
qu'il avoit contractés avec Mandel Cerf, pensa à s'unir
par mariage avec une personne Catholique. Il jetta
les yeux sur Anne Thévart. Le 13 Juin 1755 il fait
signifier au Curé de Villeneuve-sur-Bellot les sommations qu'il avoit faites inutilement à Mandel Cerf
sa femme, ensemble la Sentence de l'Officialité de
Strasbourg, en date du 7 Novembre 1754 ; & pour
parvenir à la célébration d'un nouveau mariage, il le
somme de publier ses bans avec Anne Thévart. Le
Curé de Villeneuve refuse de faire cette publica-
tion. Sur ce refus Levi le fait assigner en l'Officialité
de Soissons, où il intervient une premiere Sentence le
5 Septembre 1755 , par laquelle Levi est déclaré,
quant-à-présent , non-recevable dans sa demande.
Cette Sentence paroît avoir eu pour motif quelques
défectuosités que le Curé de Villeneuve avoit objectées à Levi dans la procédure qu'il avoit tenüe contre sa femme en l'Officialité de Strasbourg.

Levi , pour ôter tous les obstacles qui dépendroient
de lui, répara ces défectuosités prétendues , & présenta
une nouvelle Requête en l'Officialité de Soissons le 17
Janvier 1756 , à l'effet de parvenir enfin à la publi-

cation des bans ; & à la célébration de son mariage avec Anne Thévart. Seconde Sentence rendue en l'Officialité de Soiſſons le cinq Février 1756, qui déclare Levi définitivement non-recevable dans ſa demande.

Levi a interjetté en la Cour appel comme d'abus de ces deux Sentences. Eſt-il bien-fondé dans ſon appel ? Et peut-il valablement contracter dans l'Egliſe Catholique dont il eſt devenu membre par ſon Baptême, un nouveau mariage pendant la vie de Mandel Cerf ſa femme, quoique celle-ci ait refuſé, ſans doute à cauſe de ſon attachement à la Religion Judaïque, de venir demeurer avec Levi, qui eſt aujourd'hui un Nouveau-Converti ? Le Conſeil eſt prié de donner ſon avis ſur la queſtion de droit, indépendamment des circonſtances particulieres de domicile, ou autres qui pourroient ſe rencontrer dans le fait. En un mot, un Payen, un Mahometan marié légitimement ſelon les Lôix de ſa Nation, ſe convertit enſuite, embraſſe la véritable Foi, & reçoit le Baptême dans l'Egliſe Catholique : Peut-il valablement ſe marier à une Catholique ; ſa femme, ou les femmes qu'il a épouſées dans l'infidélité étant encore vivantes ? Le peut-il au moins, dans le cas où la femme infidelle refuſe de venir habiter avec le mari fidele ? Voilà la queſtion à laquelle le Conſeil eſt prié de répondre.

A V I S.

Le Conseil ſouſſigné qui a vû le Mémoire à conſulter :

Estime, que l'appel comme d'abus interjetté par Levi, de la premiere Sentence qui a été rendue contre lui en l'Officialité de Soiſſons ; paroît inſoutenable. Cette Sentence le déclare quant-à-préſent non-recevable dans ſa demande, parce qu'il n'avoit pas agi envers Mendel Cerf avec toute la prudence, la tendreſſe, la charité, & la piété qu'on doit attendre d'un Nouveau-Converti. Il n'avoit pas fait à ſa femme aſſez de ſommations, pour conſtater la perſéverance de ſon refus de venir demeurer avec lui. Il ne lui avoit pas fait ſignifier la Sentence de diſſolution de mariage, qu'il avoit obtenue en l'Officialité de Straſbourg. Et avant tout cela, il veut forcer un Curé de publier des bans, pour le mettre en état de contracter en face d'Egliſe un nouveau mariage. On ne craint pas d'aſſurer que le refus du Curé de Villeneuve dans de pareilles circonſtances, ne mérite que des éloges ; & que la premiere Sentence de l'Officialité de Soiſſons, intervenue en conſéquence de ce refus, eſt très-canonique, loin qu'on puiſſe l'attaquer par la voye de l'appel comme d'abus. Auſſi Levi s'eſt-il hâté depuis cette premiere Sentence, de réparer les défectuoſités réelles que le Curé de Villeneuve lui avoit objectées en l'Officialité de Soiſſons.

Levi ne peut donc avoir de prétexte plauſible d'attaquer par la voye de l'appel comme d'abus, que la ſeconde Sentence rendue en la même Officialité le 5 Février 1756, par laquelle il eſt déclaré définitivement non-recevable dans ſa demande. L'Official de Soiſſons a commencé par éloigner la demande de Levi, *quant-à-préſent*, parce que la procédure qu'il avoit tenue à Straſbourg contre ſa femme, n'étoit pas en regle, quand il a ſommé la premiere fois le Curé de Villeneuve de publier ſes bans avec Anne Thévart. Levi s'eſt rectifié à cet égard, & il a enſuite préſenté sa Requête à l'Official de Soissons, à l'effet de parvenir au mariage dont il avoit formé le projet. L'Official s'est trouvé alors forcé de décider la question du fond, c'est-à-dire la question de droit, qui consiste à sçavoir si un homme marié légitimement, peut en aucun cas, & pour quelque raison que ce soit, répudier sa femme, pour en épouser une autre de son vivant. L'Official de Soissons a décidé la négative par sa seconde Sentence, en déclarant Levi définitivement non-recevable dans sa demande. Le domicile de Levi sur la Paroisse de Villeneuve n'a influé pour rien dans cette seconde Sentence. Si l'Official de Soissons eût pensé que ce Néophite n'avoit point un domicile suffisant sur la Paroisse de Villeneuve, Diocèse de Soissons, il ne l'auroit pas déclaré définitivement non-recevable dans sa demande ; il se seroit contenté de l'en débouter, quant-à-présent, sous prétexte qu'il n'auroit pas acquis jusqu'alors le domicile prescrit par les Ordonnances, pour pouvoir être marié dans le Diocèse de Soissons. D'ailleurs, Levi jusqu'à son Baptême, n'étoit proprement d'aucun Diocèse, puisqu'il étoit Juif. On ne peut donc pas lui appliquer les dispositions de nos Ordonnances à cet égard. Louis XIV. par son Edit du mois de Mars 1697, défend à *tous Curés & Prêtres, tant séculiers que réguliers, de conjoindre en mariage autres personnes que ceux qui sont leurs vrais & ordinaires Paroissiens, demeurans actuellement & publiquement dans leurs Paroisses, au moins depuis six mois, à l'égard de ceux qui demeuroient auparavant dans une autre Paroisse de la même Ville, ou dans le même Diocèse ; & depuis un an pour ceux qui demeuroient dans un autre Diocèse, si ce n'est qu'ils en ayent une permission spéciale & par écrit du Curé des Parties qui contractent, ou de l'Ar-*

chevêque, *ou Evêque Diocèſain.* Il eſt évident que la diſpoſition de cet Edit ne peut convenir à Levi, qui, pendant qu'il a demeuré à Haguenau dans le Diocèſe de Straſbourg, n'avoit ni Archevêque, ni Evêque, ni Curé, ni domicile à l'effet de mariage à célébrer ſelon le Rit de l'Egliſe Catholique. Pendant tout ce tems il a vêcu dans le Judaïſme, & on ne peut lui appliquer les Ordonnances de nos Rois, que depuis qu'il s'eſt fait Catholique. Depuis le 10 Août 1752 qu'il a été baptiſé, ou il n'a eu aucun domicile fixe, ou il n'a pu l'avoir que dans le Diocèſe de Paris, ou dans celui de Soiſſons. S'il n'a eu aucun domicile fixe, il eſt dans le cas des vagabonds que le Curé du domicile actuel peut marier avec la permiſſion de l'Evêque Diocèſain.

Tome 1, page 216.

C'eſt, dit l'Auteur des Conferences de Paris ſur le Mariage, *ce qui s'obſerve dans toute l'Egliſe Latine ;* & c'eſt ce qui s'obſerve en particulier à l'égard des Néophites & Nouveaux-Convertis.

Si Levi a eu depuis ſon Baptême un domicile fixe à Paris, il a acquis depuis ce tems juſqu'au commencement de 1756, un autre domicile d'un an dans le Diocèſe de Soiſſons, ou il ne l'a pas acquis ? Si Levi avoit ce domicile d'un an au 5 Février 1756, il eſt évident que la qualité de ſon domicile n'a pas influé dans la ſeconde Sentence rendue par l'Official de Soiſſons, le même jour 5 Février 1756 ? S'il ne l'avoit pas encore acquis, l'Official ne pouvoit que le débouter, *quant-à-préſent ;* & s'il le mettoit au rang des perſonnes qui n'ont aucun domicile fixe, il n'avoit d'autre parti à prendre, que de le renvoyer à M. l'Evêque de Soiſſons. L'Official de Soiſſons n'a rien fait de tout ce a. Il a déclaré Levi définitivement non-recevable dans ſa demande. Il ne s'eſt donc pas décidé par la qualité du

domicile de Levi ; & le Défenseur de cet Official en
la Cour , qui prétend tirer du défaut de domicile d'un
an sur la Paroisse de Villeneuve-sur-Bellot , un moyen
victorieux pour sauver à cette Sentence l'abus que lui
reproche Levi , invoque un moyen qui est manifestement contradictoire à la Sentence même qu'il défend.

Il est donc clair que l'Official de Soissons a jugé , &
n'a même jugé que la question de droit , par sa Sentence du 5 Février 1756 ; c'est-à-dire , qu'il a décidé
que Levi n'est pas recevable dans sa demande à contracter mariage dans l'Eglise Catholique , & avec une
personne Catholique , pendant la vie de Mendel Cerf
son épouse légitime. Ainsi le Conseil soussigné , en
examinant uniquement la question de droit sur laquelle on demande son avis , discutera par-là même
l'interieur & le mérite intrinseque de la Sentence du 5
Février 1756. En un mot , il discutera si l'Official a
bien jugé en prononçant par cette Sentence , que
Levi ne peut jamais se remarier valablement pendant
la vie de Mendel Cerf qu'il a légitimement prise pour
sa femme dans le sein du Judaïsme , & dans la profession publique de cette Religion.

La question proposée dans le Mémoire à consulter,
est tout à la fois des plus importantes & des plus délicates. Elle est des plus importantes , parce qu'on doit
craindre de donner atteinte aux dogmes de l'unité &
de l'indissolubilité du mariage , qui sont clairement
révelés dans l'Evangile. Cette question , d'un autre
côté , est des plus délicates , parce que la discipline
de l'Eglise paroît autoriser depuis quelques siécles les
Néophites mariés dans l'Infidelité , à former un nouveau lien , lorsque les femmes qu'ils ont épousées
avant leur Baptême , refusent de les suivre & de

co-habiter avec eux depuis qu'ils font devenus Catholiques. La plûpart des Théologiens Scholaſtiques les plus célebres, comme Eſtius & autres, prennent la défenſe de cette diſcipline moderne, & en fondent principalement la légitimité ſur la doctrine que Saint Paul établit dans le ſeptiéme chapitre de ſa premiere Epître aux Corinthiens. Nos Canoniſtes, comme Gibert, Van-Eſpen, de Hericourt, & autres qui ont embraſſé en foule, & peut-être un peu en aveugles, l'interprétation que ces Théologiens ont donnée, chacun en ſa maniere, à l'Epître de Saint Paul, y ajoutent l'autorité de Gratien dans la ſeconde partie de ſon Décret, *Cauſ.* 28, *quæſt.* 1. *Can.* 3, 4, 5, 6, 7, 8, 9, 10, *quæſt.* 2, *can.* 2; & celle du Pape Innocent III. dans le quatriéme Livre des Décretales, *tit.* 19, *chap.* 7 & 8.

On diſcutera dans la ſuite ces différentes autorités. Il faut commencer par donner une idée du Mariage, & des différens états par leſquels il a paſſé depuis Adam juſqu'à Jeſus-Chriſt. Ces notions, préalablement néceſſaires, jetteront un grand jour ſur la queſtion propoſée dans le Mémoire à conſulter, écarteront plus d'une erreur, & conduiront inſenſiblement à la déciſion de la queſtion.

I. Il eſt certain que le Mariage dans ſa premiere inſtitution, & tel que Dieu l'a formé entre Adam & Eve, étoit l'union d'un ſeul homme & d'une ſeule femme : *Ils feront deux dans une même chair.* Voilà l'état de perfection dans lequel Dieu a créé le Mariage. Mais cet état de perfection, ſi bien aſſorti à l'état d'innocence, ne forme pas ſon eſſence; enſorte qu'on ne puiſſe pas concevoir un mariage véritable & approuvé de Dieu, dans un autre état qui feroit par lui-même

moins

moins parfait que celui dans lequel Dieu a créé nos premiers Peres. Saint Thomas l'assure de la maniere la plusprécise : *Il n'est pas contraire aux premiers préceptes de la Loi naturelle*, nous dit-il, *que le même homme ait plusieurs femmes à la fois ; mais il est contre les premiers principes du Droit naturel, que la même femme ait plusieurs maris à la fois* (a). Saint Augustin avoit établi le même principe longtems avant Saint Thomas. Le Saint Docteur parlant des tems qui ont précédé l'Evangile, avertit qu'*il n'étoit pas alors permis à la femme d'avoir plusieurs maris, comme il étoit permis au mari d'avoir plusieurs femmes* (b). *Cela,* ajoute Saint Augustin, *étoit regardé comme contraire à l'honnêteté publique* (c) ; *& n'étoit pas permis alors, ne l'est pas aujourd'hui, & ne le sera jamais* (d).

La raison de cette difference entre l'homme & la femme est double, selon Saint Augustin. Si une femme connoissoit plusieurs maris, elle rendroit l'état de ses enfans incertain. En second lieu, l'union d'une femme avec plusieurs maris, loin de la rendre plus féconde, est un obstacle à la fécondité ; aulieu que le même homme peut mettre plusieurs femmes dans le cas d'avoir des enfans (e). Voilà la

---

(a) Unum virum habere plures uxores, non est contrà prima præcepta legis naturæ ; sed unam uxorem habere plures viros, est contrà prima præcepta legis naturæ. *Supplem. q. 65. art. 1. ad tertium.*

(b) Non sicut uni viro etiam plures habere licebat uxores ; ita uni fœminæ plures viros. *L. de bono conjug. c. 17.*

(c) Unam fœminam maritos habere plurimos, honestum non erat. *L. 3. de doct. Christianâ, c. 12.*

(d) Nec tunc licuit, nec nunc licet, nec unquam licebit. *L. de bono conjug. c. 18.*

(e) Sufficiendæ prolis causâ, erat uxorum plurium simul uni viro habendarum inculpabilis consuetudo ; & ideò unam fœminam maritos habere plurimos honestum non erat ; non enim mulier eó est fœcundior ; sed meretricia potiùs turpitudo est, vel quæstum vel liberos vulgò quærere. *L.*

B

raiſon pour laquelle la polygamie du côté des femmes eſt par elle-même contraire au Droit naturel &
à l'honnêteté publique ; au lieu que les premiers principes du Droit naturel ne la condamnent pas de la
part des hommes. Elle leur eſt donc permiſe, ſi
n'étant défendue aux hommes par aucune loi, elle
eſt d'ailleurs autoriſée par un long uſage qui par
lui-même a force de loi, & par une coûtume devenue par le laps du temps générale & univerſelle.

C'eſt par ce principe que Saint Auguſtin juſtifie
la polygamie des Patriarches & celle-même des
hommes qui vivoient dans l'Idolâtrie & dans le Pa-
ganiſme. *Le deſir de multiplier le Genre humain*, dit ce
Saint Docteur, *rendoit alors exempte de faute, la coûtume
où étoient les hommes d'avoir pluſieurs femmes à la fois.*
Lamech a ſans doute été très-coupable d'avoir donné
au monde le premier exemple de la polygamie. Il n'y
avoit alors ni loi ni coûtume qui l'autoriſât. Mais quand
elle a été une fois établie par l'uſage, elle n'étoit pas
criminelle dans ceux qui la pratiquoient, non pour ſatisfaire leurs paſſions, mais pour multiplier le Genre
humain, comme Abraham & Jacob.

Il y a, dit S. Auguſtin, *des péchés qui ſont contraires à
la nature & d'autres qui ſont contraires aux préceptes. Cela
poſé, ſur quel fondement peut-on faire un crime au ſaint
homme Jacob d'avoir eu pluſieurs femmes à la fois ? Si vous
conſultez la nature, il approchoit de ces femmes, non pour
ſatisfaire la paſſion, mais pour avoir des enfans. Si vous*

---

de doct. *Chriſtianâ, c.* 12. Duobus ſeu pluribus maritis vivis nullam legimus
ſerviſſe ſanctarum ; plures autem fœminas uni viro legimus, cùm gentis
illius ſocietas ſinebat, & temporis ratio ſuadebat : neque enim contra naturam nuptiarum eſt. Plures enim fœminæ ab uno viro fetari poſſunt : una
verò à pluribus non poteſt. *L. de bono conjug. n.* 20.

conſultez l'uſage, c'étoit alors la coûtume dans le Pays de Jacob & dans les Pays circonvoiſins. Enfin ſi vous conſultez la Loi ; aucune ne le défendoit alors (a). Comme cela étoit établi dans l'uſage & par la coûtume, il n'y avoit pas de crime. Je conviens que ce ſeroit un crime d'en faire autant aujourd'hui, parceque ce n'eſt plus l'uſage aujourd'hui (b). Théodoret raiſonne à cet égard de la même maniére que S. Auguſtin, & juſtifie par le même principe le mariage d'Abraham avec Agar. *Quel crime a commis en cela Abraham*, demande Théodoret ; *que peut-on lui reprocher dans un temps où ni la nature ni aucune loi écrite ne défendoit à un homme d'avoir pluſieurs femmes à la fois ?* (c)

Inutilement diroit-on que la polygamie n'a été permiſe aux Patriarches & à quelques-autres Saints de l'ancien Teſtament, que par diſpenſe ou par une inſpiration particuliere. Car cette diſpenſe prétendue, eſt une pure imagination deſtituée de tout fondement. En effet, toute diſpenſe ſuppoſe néceſſairement une loi qui défend ce pourquoi la diſpenſe eſt accordée ; & Dieu n'a jamais fait de loi pour défendre la polygamie. Cette loi n'auroit obligé que les Iſraëlites, & alors il faut la chercher dans la loi de Moyſe : où elle obligeoit auſſi les autres Peuples ; & en ce cas il faut la faire re-

---

(a) Alia ſunt peccata contra naturam, alia contra præcepta. Quæ cum ita ſint, quid tandem criminis eſt quod de pluribus ſimul habitis uxoribus objicitur ſancto viro Jacob ? Si naturam conſulas, non laſciviendi ſed gignendi causâ illis mulieribus utebatur. Si morem ; illo tempore atque in illis terris hoc factitabatur. Si præceptum ; nullâ lege prohibebatur.

(b) Quandò mos erat, crimen non erat, & nunc proptereà crimen eſt, quia mos non eſt. L. 22, *contra Fauſtum*, cap. 47.

(c) Quid peccavit Abraham ; maximè cum neque natura neque lex ulla tunc ſcripta, plures ducere uxores prohiberet. *Theodoretus, quæſt. 67. in Geneſ.*

monter plus haut que la loi écrite , & on n'en trouve aucune trace ni dans Moyſe ni avant Moyſe. Loin qu'il y ait dans la loi de Moyſe quelque texte qui condamne la polygamie ; toutes les fois qu'elle en parle , elle paroit en parler comme d'une choſe permiſe & légitime. Dans tous les temps du Peuple Juif , poſtérieurs à la loi de Moyſe , la polygamie ſemble toujours être regardée ſur le même pied. Il ſeroit inutile d'en citer des exemples , puiſque tous les Théologiens en conviennent. Il eſt vrai que la plûpart d'entr'eux ſoutiennent que c'étoit par diſpenſe que la polygamie étoit dévenue légitime. Mais encore une fois , cette diſpenſe ſuppoſe une loi antérieure qui condamnât la polygamie , & ils ſont dans l'impoſſibilité de nous montrer cette loi , ſoit pour les Juifs , ſoit pour les Gentils.

Si la polygamie eût été défendue aux Gentils , Eſther n'auroit pû ſans crime ſe marier à Aſſuerus qui étoit déjà marié ; & Mardoché auroit auſſi été criminel , de donner les mains à un pareil mariage. C'eſt cependant ce que perſonne n'oſera ſoutenir. Ici on aura encore recours à une diſpenſe ; mais pour alléguer une diſpenſe avec fondement , il faut être en état de produire la loi dont la diſpenſe eſt accordée.

Les Docteurs de l'Egliſe n'ont pas connu cette loi prétendue , qu'on ne trouve en effet ni dans celle de Moyſe , ni dans les temps anterieures à la loi écrite. Ils n'alleguent pas cette loi pour condamner la polygamie da Lamech. Ils n'ont recours à aucune diſpenſe pour juſtifier la polygamie des Patriarches & des autres Saints de l'ancien Teſtament.

La diverſité des ſentimens des Théologiens ſur l'étendue qu'il faut donner à la diſpenſe au ſujet de la polygamie, eſt une nouvelle preuve de la ſuppoſition d'une loi qui l'ait défendue avant Jeſus-Chriſt.

Le Pape Innocent III. ne l'accorde qu'aux Patriar- Cap. *Gaudemus* de divortiis. ches & aux Juſtes de l'ancien Teſtament, & celà ſur une révélation qu'ils en auront reçue de Dieu. Mais ſon ſentiment eſt tombé dans le diſcrédit; il eſt abandonné & même combattu par preſque tous les Théologiens; & ils le réfutent avec avantage par un certain nombre d'exemples de l'ancien Teſtament, où la poligamie ſemble permiſe, quoiqu'on ne puiſſe pas ſoupçonner de révélation particuliere qui l'ait autoriſée.

D'autres Théologiens, comme Eſtius, accordent cette diſpenſe au Peuple Juif, & la refuſent aux autres Nations. Mais le mariage d'Eſther avec Aſſuerus prouve clairement la fauſſeté de cette opinion. Eſtius ſe tourne In 4 diſt. 33. §. 6. en pluſieurs maniéres pour ſe débaraſſer de cette difficulté. Il y donne pluſieurs réponſes, mais aucune de ſes réponſes n'eſt ſatisfaiſante.

Pluſieurs autres Théologiens, comme Bellarmin & Juenin, étendent la diſpenſe à tous les Peuples de la terre. Mais outre qu'ils ſont auſſi bien que les autres dans l'impuiſſance de déterminer en quel temps cette diſpenſe a commencé & en quel temps elle a fini; ils transforment, comme Eſtius le remarque très-bien, en une diſpenſe qui doit toujours être particuliére, une abrogation réelle de la loi, pour tout le temps où la diſpenſe eſt ſuppoſée générale.

Ainſi il faut conclure de ce conflit d'opinions qui ſe détruiſent les unes les autres, que dans l'ancienne Loi il étoit permis aux hommes ſoit Juifs ſoit Gentils, d'avoir pluſieurs femmes à la fois. Cette multitude de femmes étoit même dans le plan économique de la loi de Moyſe, comme S. Auguſtin le remarque en plu-

fieurs endroits de fes Ouvrages. Dans cette loi figurative, le grand nombre d'enfans que plufieurs femmes
donnoient aux mêmes hommes, annonçoit cette multitude innombrable d'enfans fpirituels que J. C. don-
neroit à l'Eglife, fous une loi plus parfaite qui devoit
fucceder à la loi charnelle & figurative. La polygamie confiderée rélativement à cette propagation charnelle, n'avoit dans l'ancienne Loi rien de répréhen-
fible; elle étoit même un acte de Réligion & de vertu,
quand la paffion & la fenfualité n'en étoient ni le motif ni le principe. Ces actes charnels qui étoient affor-
tis au temps, ne diminuoient rien des vertus éminentes
d'Abraham, de Jacob, des Patriarches & des autres
Saints de la Loi ancienne. Quoiqu'ils euffent plufieurs
femmes à la fois, ils étoient plus chaftes & plus ver-
tueux que les hommes qui fe marient aujourd'hui, &
qui époufent, non plufieurs, mais une feule femme,
parce qu'ils font trop foibles pour garder la continence. (a)

(a) Dico illorum hominum non tantùm linguam, verùm etiam vitam
fuiffe Propheticam, totumque illud regnum Hebræorum magnum quem-
dam, quia & magni cujufdam fuiffe Prophetam. S. Aug. lib. 22, contra
Fauftum, cap. 24.
Abraham non prolis habendæ infanâ cupiditate flagrabat; fed naturæ
ordinem fervans, nihil humano concubitu agebat, nifi ut homo nafceretur.
Ibid. cap. 30. — Sic propagandi voluntas pia fuit, quia concumbendi vo-
luptas libidinofa non fuit. Ibid. cap. 31. Sancti Patriarchæ conjugibus
mifcebantur . . . Non concupifcentiâ percipiendæ voluptatis, fed pro-
videntiâ propagandæ fucceffionis; ac per hoc . . . . . non illos libidi-
nofos multitudo faciebat uxorum. — Quare credimus non fruftrà tam magnum honorem fanctitatis tributum quibufdam viris etiam plures uxores
habentibus; nifi quia fieri poteft ut imperator carnis animus tantâ tem-
perantiæ poteftate præpolleat, ut genitalis delectationis motum infitum
naturæ mortalium ex providentia generandi, leges impofitas non permittat
excedere. Ibid. cap. 48.
Tunc, id eft fub veteri lege, plures inculpabiliter ducebant uxores, &
qui fe multò facilius continere poffent, nifi aliud pietas illo tempore pof-

A la polygamie on ajoûta bientôt le divorce. Moyse comme Légiſlateur politique ſe trouva pour ainſi dire forcé de le tolerer dans les Juifs, pour éviter de plus grands maux. Il s'en explique ainſi au commencement du vingt-quatriéme Chapitre du Deuteronome. *Lorsqu'un homme aura épouſé une femme, & qu'il ſe ſera approché d'elle ; ſi elle ne trouve point grace devant ſes yeux, mais qu'elle lui déplaiſe, parcequ'il aura découvert en elle quelque défaut honteux : il pourra faire un écrit de divorce, & le lui mettant entre les mains, il la renverra de ſa maiſon.*

Si cette femme ainſi renvoyée, épouſe un autre mari qui la répudie à ſon tour, ou qui vienne à mourir ; *le premier mari ne pourra la reprendre pour ſa femme, après qu'elle a été ſouillée ; car ce ſeroit une choſe abominable aux yeux du Seigneur.*

Ces paroles de Moyſe prouvent que le divorce dans ſon intention ne devoit avoir d'autre effet que la ſéparation de corps & d'habitation, & que la femme repudiée qui épouſoit un autre mari, ſe rendoit abominable aux yeux du Seigneur.

,, Si on examine ce que Moyſe a écrit de la per-
,, miſſion qu'il accorde aux Juifs de répudier leurs
,, femmes, comme Jeſus-Chriſt en a parlé lui-même,
,, & ce que les Peres en ont dit, on verra que bien

---

tularet. *S. Aug. l. de bono conjug. n. 17.* Quotquot ergo nunc ſunt quibus dicitur, *ſi ſe non continent nubant*, non comparandæ ſunt tunc etiam nubentibus ſanctis. . . . . *Nam homines qui ſe non-continent, tanquam aſcendunt in nuptias gradu honeſtatis:* Qui autem ſe ſine dubio continerent ſi hoc illius temporis ratio permiſiſſet, quodammodo deſcenderunt in nuptias gradu pietatis. . . . . Tunc enim ipſius pietatis erat operatio etiam carnaliter filios propagare ; quia illius populi generatio nuntia futurorum erat, & ad diſpenſationem Propheticam pertinebat. *S. Aug. l. de bono conjug. n. 19.* De ſuis nuptiis filios propter Chriſtum quærebant, ad genus ejus ſecundùm carnem diſtinguendum ab omnibus gentibus. *Ibid. n. 22.*

,, loin d'être une preuve contre l'indiffolubilité du
,, mariage des Juifs, l'écrit du divorce eft, *felon l'Auteur*
,, *des Conférences de Paris fur le Mariage*, une preuve
,, qui peut paffer pour certaine, que le mariage des
,, Juifs étoit veritablement indiffoluble, & que Dieu ne
,, les a jamais difpenfés de l'obfervation de l'indiffo-
,, lubilité du mariage.

Tome 1 , page 394.

,, Car, comme dit Eftius, cette permiffion que Moy-
,, fe & non le Seigneur avoit accordée aux Juifs, ne
,, les excufoit pas de péché devant Dieu , mais les
,, exemptoit feulement de la peine temporelle que mé-
,, ritoient de fubir ceux qui en violoient les Précep-
,, tes, c'eft-à-dire d'être lapidés pour avoir violé la foi
,, conjugale , & de l'infamie qu'il y avoit devant les
,, hommes, de quitter fa femme avec tant de fcandale.
,, L'intention qui porta Moyfe à leur accorder cette
,, permiffion , le fait affez connoître ; car, felon les
,, Saints Peres, ce Légiflateur voyant que la paffion
,, qui portoit les Juifs à fouhaiter d'autres femmes, ou
,, plus riches , ou plus jeunes, ou plus belles , auroit
,, pû leur faire naître le deffein de procurer la mort à
,, leurs époufes, ou au moins de les maltraiter ; il aima
,, mieux par indulgence tolérer le divorce , que de les
,, voir les meurtriers de leurs femmes légitimes. Moyfe
,, ne fait donc que leur permettre un moindre mal
,, pour leur en faire éviter un plus grand ; *non diffidium*
,, *concedens , fed auferens homicidium :* Ce font les pa-
,, roles de Saint Jerôme.

L. 9 , contra Fauft. & L. de bono conjug. cap. 8.

,, Saint Auguftin appuyant fortement fur ce prin-
,, cipe , dit que la Loi même faifoit connoître qu'il
,, étoit contre fon intention que l'homme quittât fa
,, femme......

Et en effet ,, Qu'eft-ce que Moyfe accorda aux
,, Juifs

„ Juifs en leur permettant de repudier leurs femmes?
„ Il leur permit feulement de s'en féparer.... *auſſi la*
„ *femme renvoyée,*loin d'être autoriſée devantDieu pour
„ pouvoir contracter un fecond mariage, il eſt au
„ contraire marqué expreſſement, que l'ayant fait, elle
„ s'étoit fouillée & étoit devenue abominable devant
„ le Seigneur.

„ L'Ecrit du divorce n'étoit donc pas une veritable
„ permiſſion, ni une difpenfe qui exemptât les Juifs
„ de péché, mais une fimple tolerance, & on ne la
„ fouffroit que pour éviter un plus grand mal. C'eſt ce
„ qui a fait dire à S. Auguſtin, que lorſque Moyſe ac-
„ corda aux Juifs par condefcendance, qu'ils puſſent
„ renvoyer leurs femmes en leur donnant un écrit: Il a   *De bono conjug.*
„ fait voir par cette conduite, qu'il leur reprochoit   *cap. 2.*
„ plutôt leurs divorces qu'il ne les approuvoit : *Quâ*
in re exprobratio potiùs quam approbatio repudii apparet....

„ Jeſus-Chriſt n'a pas parlé autrement de l'Ecrit du   *Matth. chap. 19.*
„ divorce, lorſqu'il a dit aux Phariſiens, que c'étoit
„ Moyſe & non le Seigneur qui l'avoit reglé, & qu'il
„ n'avoit permis ce divorce que malgré lui, y étant
„ contraint par la corruption du cœur des Juifs : C'eſt
„ la judicieufe remarque de S. Jerôme, *Non Deus,*
„ *fed Moyſes.*

Il fuit de ce qu'on a dit juſqu'ici, 1°. Que le divorce
étoit univerſel chez les Juifs & les autres Nations,
quand Jeſus-Chriſt eſt venu dans le monde, & que
la pluralité des femmes qui n'eſt pas contraire aux premiers principes du Droit naturel, s'étoit établi par un
très-long ufage qui étoit devenu comme le Droit cou-
tumier de toutes les Nations. D'où il faut conclure,
qu'un Juif n'étoit pas obligé de repudier fa femme pour
en prendre une autre ; qu'il le pouvoit faire fans com-

C

mettre d'adultere ; qu'il n'avoit pas befoin d'attenter à fa vie & d'attendre fa mort, pour en époufer une féconde ; que cependant un Juif naturellement groffier, violent & paffionné pour une femme plus belle, plus jeune, plus riche, & jaloufe de n'avoir ni compagne ni rivale, auroit fouvent pû attenter à la vie d'une premiere femme, pour déterminer le cœur & l'inclination d'une feconde en fa faveur ; & c'eft en ce fens qu'il faut entendre ces paroles de S. Jerôme, *auferens homicidium.* 2°. Le divorce toleré par Moyfe dans le vingt-quatriéme Chapitre du Deuteronome ne rompoit pas le lien du mariage avec la femme qui étoit repudiée. Le Texte de la Loi, l'intention du Legiflateur, le fentiment des Peres de l'Eglife & des Théologiens réfiftent à l'opinion contraire. Le divorce toleroit la féparation de corps & d'habitation, mais il n'operoit pas la rupture du lien. Les Patriarches & les Saints de l'ancien teftament n'en ont jamais penfé autrement ; *& fi Abraham,* dit Eftius, *a chaffé Agar de chez lui, on* ne doit regarder le renvoi de cette femme que comme une fimple féparation qui ne rompoit pas le lien du mariage qu'il avoit contracté avec elle. Il faut néanmoins convenir que les Juifs charnels qui propoferent à Jefus - Chrift des queftions fur le divorce, n'en connoiffoient point d'autre que celui qui rompoit le lien du mariage ; comme il n'y en avoit point d'autre qui fût alors en ufage chez les Romains & parmi les autres Peuples.

Conf. de Paris, Tome I. pag. 393.

III. Voilà l'état où étoit le mariage à l'avenement du Meffie. La poligamie étoit univerfellement autorifée, & le divorce rompoit de fait le lien du mariage. Jefus-Chrift le rappella à l'état de perfection dans lequel Dieu l'avoit inftitué au commencement du monde.

Il défendit abfolument la polygamie, & ne permit le divorce pour l'avenir, que dans le feul cas d'adultere ; encore ce divorce autorifé dans le cas d'adultere, ne rompt pas le lien du mariage, mais procure feulement une féparation de corps & d'habitation , comme dans le vingt - quatriéme Chapitre du Deuteronome. C'eft en deux mots l'analyfe de ce que S. Mathieu, S. Marc & S. Luc nous difent fur cette matiere ; car S. Jean n'en parle pas.

Mais pour bien entendre l'accord & l'harmonie de ces trois Evangeliftes, il faut fe rappeller un fait que S. Jerôme nous apprend fur le huitiéme Chapitre d'Ifaïe. Il s'étoit élévé, dit-il, deux Sectes parmi les Juifs, dont l'une s'appelloit celle des Samméens, & l'autre celle des Hillianiftes. Les premiers croioient qu'il n'étoit permis aux Juifs de répudier leurs femmes que dans le cas marqué au premier verfet du vingt-quatriéme Chapitre du Deuteronome. Les feconds penfoient que cela étoit permis pour quelque caufe que ce fût.

Ces deux Sectes voulant chacune engager Jefus-Chrift dans fon parti, & lui attirer la haine de celle qu'il condamneroit, vinrent lui demander fon fentiment fur cette queftion.

Ils demanderent donc à Jefus-Chrift pour le tenter: *Eft-il permis à un homme de renvoyer fa femme pour quelque caufe que ce foit?* Il leur répondit: *N'avez-vous point lû que celui qui a créé l'homme, créa au commencement un homme & une femme, & qu'il eft dit :* „ C'eft pour „ cela que l'homme quittera fon pere & fa mere, & „ s'attachera à fa femme, & ils ne feront tous deux „ qu'une feule chair. *Ainfi ils ne font plus deux, mais une feule chair. Que l'homme ne fépare donc pas ce que*

Matth. ch. 19 ; v. 3 & fuiv.

Genef. ch. 2 ; v. 24.

Cij

Dieu a uni. Mais pourquoi, lui dirent-ils, *Moyse a-t'il ordonné qu'on donnât à sa femme un acte de divorce, & qu'on la renvoyât?* Il leur répondit: *C'est à cause de la dureté de votre cœur, que Moyse vous a permis de renvoyer vos femmes; mais cela n'a pas été ainsi dès le commencement: Aussi je vous déclare que quiconque quitte sa femme, si ce n'est en cas d'adultere, & en épouse une autre, est coupable d'adultere; & que celui qui épouse celle qui a été répudiée, devient aussi adultere:* Ses Disciples lui dirent: *Si telle est la condition d'un homme à l'égard de sa femme, il n'est pas expedient de se marier.* Il leur dit: *Tous ne sont pas capables de cette résolution, mais seulement ceux qui ont reçu ce don; car il y a des Eunuques qui sont sortis tels du sein de leur mere; il y en a que les hommes ont fait Eunuques, & il y en a qui se sont faits eux-mêmes Eunuques, en renonçant au mariage pour le Royaume des Cieux.*

Saint Matthieu avoit déja enseigné ch. 5, v. 31, 32. Il a été dit encore, (Deuter. ch. 24, v. 1,) *quiconque voudra renvoyer sa femme, qu'il lui donne un acte de divorce; & moi je vous dis que quiconque répudie sa femme, si ce n'est en cas d'adultere, la fait devenir adultere; & que celui qui en épouse une qui a été répudiée, commet un adultere.*

Ch. 10, v. 2 & suiv. Dans S. Marc ils demandent pareillement à JESUS-CHRIST pour le tenter: *Est-il permis à un homme de renvoyer sa femme?* Il leur répondit: *que vous a ordonné Moyse? Moyse, dirent-ils, a permis de renvoyer sa femme en lui donnant un acte de divorce.* JESUS leur dit, *c'est à cause de la dureté de votre cœur qu'il vous a fait cette ordonnance. Mais dès le commencement du monde, Dieu forma un homme & une femme, & il est dit, c'est pour cela que l'homme quittera son pere & sa mere & s'at-*

tachera à fa femme, & ils ne feront tous deux qu'une feule chair ; ainfi ils ne font plus deux, mais une feule chair. Que l'homme ne fépare donc pas ce que Dieu a uni. Quand il fut dans la maifon, fes Difciples l'interrogerent encore fur le même fujet, & il leur dit : *Quiconque quitte fa femme & en époufe une autre, commet un adultere à l'égard de fa premiere femme ; & fi une femme quitte fon mari & en époufe un autre, elle commet un adultere.*

Enfin on ne trouve dans Saint Luc qu'un feul verfet fur cette matiere. *Quiconque*, dit-il, *renvoye fa femme & en époufe une autre, commet un adultere ; & quiconque époufe celle que fon mari a répudiée, commet un adultere.* Ch. 16, v. 18.

Jesus-Christ défend clairement la polygamie par ces dernieres paroles de Saint Marc & de Saint Luc : *Quiconque renvoye fa femme & en époufe une autre, commet un adultere.* Car s'il n'eft pas permis en renvoyant fa femme, d'en époufer une feconde, il eft encore moins permis d'en époufer une feconde en retenant la premiere. Il condamne auffi le divorce dans tous les hommes, par ce principe général, *que l'homme ne fépare donc pas ce que Dieu a uni* ; ce qui fignifie : le mariage vient de Dieu ; c'eft lui qui l'a inftitué & qui a uni enfemble un feul homme & une feule femme, fçavoir Adam & Eve. Les Pharifiens en convenoient, & il n'y avoit point à cet égard de diverfité de fentiment entr'eux. ,, Or, continue Jefus-Chrift, l'homme n'a ,, pas droit de rompre ce que Dieu a uni ; '' autrement il feroit la loi à Dieu même, ce qui eft impie & blafphêmatoire. Par conféquent le mariage eft indiffoluble, foit qu'on le confidere du côté de Dieu qui l'a inftitué, foit qu'on l'envifage dans fa nature &

L. 1, *de Nupt.*
& concup. n. 11.
L. 2, *de con-*
jug. adult. n. 4.

dans fon effence qui renferme néceffairement l'idée d'une union indivifible, & d'un lien qui, felon Saint Auguftin, eft auffi indeftructible que le caractere ou le fceau du Baptême eft ineffaçable.

Ces réponfes de Jefus-Chrift confondirent & condamnerent les deux Sectes qui le confultoient. Il apprit aux Hillianiftes qu'il n'eft pas permis de renvoyer fa femme pour toutes fortes de caufes; il apprit aux Samméens qu'il ne fera plus permis de la renvoyer pour la caufe même indiquée par Moyfe, mais feulement pour caufe d'adultere, crime qui, dans la Loi ancienne, étoit puni de mort, & non par la féparation & le divorce.

Saint Matthieu, chap. 5, verfets 31 & 32, fait allufion à la caufe de féparation autorifée par Moyfe, & lui en fubftitue une autre pour la Loi nouvelle; c'eft l'adultere commis par la femme. Cette caufe de féparation eft différente de celle qui étoit autorifée par Moyfe, mais elle lui reffemble néanmoins en quelque chofe; car, comme la caufe de divorce autorifée par Moyfe n'operoit de droit qu'une féparation de corps & d'habitation dans la Loi ancienne, & non une rupture du mariage; de même, l'adultere eft dans la Loi nouvelle un motif légitime de féparation de corps & d'habitation. Mais Saint Matthieu n'a jamais voulu faire entendre qu'il fût capable de diffoudre le lien du mariage.

Tome I. pag. 403. En effet, l'Auteur des Conférences de Paris remarque, qu'il y a deux parties dans les paroles de Jefus-Chrift rapportées par cet Evangelifte. La premiere comprend le droit que peut avoir un mari de fe féparer de fa femme pour caufe d'adultere. Et la feconde comprend ce qui lui eft permis ou défendu après

qu'il s'en eſt ſéparé. Or l'exception que met Jeſus-
Chriſt, *ſi ce n'eſt en cas d'adultere*, ne tombe que ſur la
premiere partie de ſa réponſe, c'eſt-à-dire, que le
Fils de Dieu ne veut pas qu'un homme puiſſe, comme
autrefois, renvoyer ſa femme pour quelque cauſe que
ce ſoit, mais ſeulement pour cauſe d'adultere. Voilà
ſur quoi tombe l'exception, mais elle ne tombe pas
ſur la ſeconde partie. Car il ne faut pas croire que
Jeſus-Chriſt ait voulu inſinuer dans cette réponſe,
qu'il ſoit permis à un mari, non-ſeulement de renvoyer ſa femme pour cauſe d'adultere, mais même
d'en épouſer une ſeconde, quand il a ainſi renvoyé la
premiere. Si ç'eût été-là la penſée du Sauveur du
monde, il auroit dit, ainſi que le remarque Eſtius
d'après Saint Thomas : *Quiconque a renvoyé ſa femme, &*
en a épouſé une autre (hors le cas d'adultere) eſt adultere ;
& s'il ne s'eſt pas ſervi de ce tour & de ces expreſ-
ſions, c'eſt pour apprendre aux Juifs & à tous les
hommes, qu'après avoir renvoyé une femme pour
cauſe d'adultere, il n'eſt pas permis de ſe remarier à
une autre pendant la vie de la femme adultere.

Il n'y a pas de doute que ce ne ſoit-là le ſens des
paroles de Jeſus-Chriſt, puiſque ſes Diſciples les ont
entendues de la ſorte ; & ils le marquent aſſez clairement dans S. Matthieu même, où ils demandent ce qu'un
homme doit faire après s'être ſéparé de ſa femme renvoyée pour cauſe d'adultere. J. C. ne leur répond
qu'en faiſant l'éloge de la continence. Ils conclurent
de ces paroles, qu'il ordonnoit à un homme ſéparé de
ſa femme, de vivre dans la continence, ſans pouvoir
ſe remarier de ſon vivant. Comme ils trouvoient cela
bien dur, ils lui dirent : *Si telle eſt la condition de l'homme*
avec ſa femme, il eſt plus expédient de ne ſe point marier

du tout. Si Jefus-Chrift eût penfé autrement que les Apôtres , qui comprirent que ce divin Maître avoit voulu enfeigner aux hommes , que le divorce ne leur feroit plus permis , & qu'ils ne pouvoient rompre le lien du mariage ; n'auroit-il pas été de la fageffe & de la charité de Jefus-Chrift , de les tirer de l'erreur ? Il ne le fait pas. Il fait au contraire l'éloge de la continence dans laquelle doit vivre un homme qui s'eft féparé de fa femme , pour caufe d'adultere , à moins qu'il ne veuille lui pardonner fon infidélité, & la reprendre avec lui. Preuve certaine & infaillible que l'adultere ne peut rompre le lien du mariage.

Quelle différence réelle y a-t-il donc maintenant entre Saint Matthieu d'un côté, Saint Marc & Saint Luc, de l'autre? Il n'y en a aucune. Saint Matthieu a dit tout ce qu'ont dit Saint Marc & Saint Luc ; mais il a dit une vérité de plus, qui a été paffée fous filence par les deux autres Evangeliftes. Saint Matthieu a dit que, comme il y avoit dans l'ancienne Loi une caufe légitime de féparation de corps & d'habitation, il y en a une autre dans la Loi nouvelle, c'eft l'adultere. S. Marc & Saint Luc n'en ont rien dit. Mais les trois Evangeliftes fe réuniffent à dire que la polygamie fera à l'avenir défendue, & que rien, foit du côté du mari, foit du côté de la femme, ne pourra jamais rompre le lien du mariage dans la Loi nouvelle, comme rien n'étoit capable de le rompre de droit dans la Loi ancienne. Et pourquoi Saint Marc & Saint Luc n'ont-ils pas dit tout ce qu'a dit Saint Matthieu? C'eft qu'ils ont répondu à la queftion propofée par les Pharifiens de l'une & l'autre Secte, de la maniere dont les Pharifiens la concevoient dans leur efprit. Car en demandant s'il étoit permis de répudier fa femme, pour

quelque

quelque caufe que ce fût, ou du moins pour quelques
caufes particulieres ; c'eſt, en partant de leurs idées,
comme s'ils euſſent propoſé la queſtion en ces termes :
Le divorce rompt-il le lien du mariage dans toute ſorte de
cas, ou ſeulement dans quelque cas particulier ? Saint
Marc & Saint Luc ont répondu : *Le divorce ne rompt, &*
ne ſçauroit jamais rompre le lien du mariage en aucun cas.
La polygamie eſt défendue pour l'avenir ; & tout mari qui,
ſous prétexte d'un divorce, épouſera une autre femme,
commettra un adultere. Toute femme qui, ſous prétexte de
répudiation, épouſera un autre mari, commettra un adul-
tere. Tout homme qui épouſera une femme répudiée, pour
quelque cauſe que ce ſoit, même pour adultere, ſera lui-
même coupable d'adultere. Voilà ce qu'enſeignent les
trois Evangeliſtes. Mais Saint Matthieu qui préſente la
réponſe de Jeſus-Chriſt dans toute ſon étendue, &
avec l'alluſion qu'il fit à l'eſpece de divorce autoriſé
par Moyſe dans le Deuteronome, ajoute que quoique le divorce ne puiſſe jamais rompre le lien du mariage, il y aura néanmoins un divorce autoriſé dans la
Loi nouvelle, comme il y en avoit un dans l'ancienne.
Le divorce autoriſé par Moyſe, étoit une ſéparation
de corps & d'habitation dans certains cas particuliers.
Il y en aura un ſemblable qui ſera permis ſous la Loi
nouvelle, dans le cas de l'adultere de la femme. Le
mari pourra alors la renvoyer ; mais dans ce cas-là
même, il ne lui ſera pas permis d'en épouſer une autre
de ſon vivant. La femme ſéparée pour adultere ne
pourra, ſans un nouvel adultere, ſe lier à un ſecond
mari, & celui qui l'épouſera, ſera lui-même un adultere.

Voilà l'intégrité des dogmes enſeignés par les trois
Evangeliſtes. Voilà la doctrine entiere de Jeſus-

D

Chrift fur cette matiere : Doctrine dont on ne peut avoir un meilleur Interprete que Saint Paul. Or, cet Apôtre dit dans fon Epître aux Romains : *Une femme en puiffance de mari, eft liée par la Loi du mariage, tant que fon mari eft vivant, & elle n'en fera dégagée que par fa mort. Si donc elle a commerce avec un autre homme pendant la vie de fon mari, elle fera tenue pour adultere. Mais fi fon mari vient à mourir, elle fera dès-lors affranchie de la Loi qui l'attachoit à fon mari, & elle pourra, fans être coupable d'adultere, en époufer un autre.* Il répete le même principe dans le feptiéme chapitre de fa premiere Epître aux Corinthiens, verfet 39. Cette maxime de l'Apôtre eft générale, & il n'y met d'exception pour aucun cas. Il ne parle, à la vérité, que de la femme ; mais la Loi eft la même pour le mari ; Et Saint Auguftin en fait la réfléxion fur le verfet 39 du feptiéme chapitre de la premiere Epître aux Corinthiens (*a*).

Le faint Docteur dit encore que rien n'eft plus clair que les paroles de l'Epître aux Romains, pour prouver que le mariage eft indiffoluble ; & qu'on ne fçauroit, fans contredire la doctrine de l'Apôtre, prétendre que l'adultere puiffe rompre le lien du mariage. Si l'adultere diffout le mariage, continue Saint Auguftin, la femme commettra des adulteres pour fe marier à un autre, du vivant de fon mari ; le mari de fon côté en commettra, pour fe dégager de fa femme & en prendre une autre. Or, peut-on foupçonner que Jefus-Chrift, que Saint Matthieu, que Saint Paul,

_____

(*a*) *Mulier alligata eft, quandiu vir ejus vivit. Ergò confequenter & vir alligatus eft, quandiù mulier ejus vivit. Hæc alligatio facit ut aliis conjungi fine adulterinâ copulatione non poffint. Unde neceffe eft ex duobus conjugibus quatuor adulteros fieri, fi & illa alteri nupferit, & ille alteram duxerit. L. 2, de conjug. adult. n. 8.*

ayent eu deſſein d'autoriſer des déſordres ſi affreux, &
qui révoltent également le Chriſtianiſme & la raiſon ?
(*a*). Cela réſulte néanmoins de la maxime impie
qu'on attribue à J. C. dans un texte de Saint Matthieu,
& dont on veut conclure que l'adultere diſſout le
lien du mariage. Preſque tous les Peres Latins ſe ſont
élevés contre cette erreur monſtrueuſe, qui, au rapport de l'Auteur des Conférences de Paris, n'a jamais
été autoriſée par les anciens Peres Grecs, comme Saint
Clement d'Alexandrie, Saint Gregoire de Nazianze,
Saint Baſile, Saint Chryſoſtôme, & autres. Saint Auguſtin regardé l'erreur ſoutenue ſur ce point par les
nouveaux Grecs, & qui l'eſt par un grand nombre
d'autres aujourd'hui, comme une eſpece d'héréſie
contraire à la doctrine des Evangeliſtes, & de l'Apôtre
Saint Paul.

Auſſi le Concile de Trente nous dit-il, Canon 7
de ſa vingt-quatriéme Seſſion, que l'Egliſe a enſeigné,

(*a*) Hæc verba Apoſtoli totiens repetita, totiens inculcata vera ſunt,
viva ſunt, ſana ſunt, plana ſunt. Nullius viri poſterioris mulier uxor eſſe
incipit, niſi prioris eſſe deſierit. Eſſe autem deſinet uxor prioris; ſi moriatur vir ejus, non ſi fornicetur. Licitè itaque dimittitur conjux ob cauſam fornicationis; ſed manet vinculum prioris, propter quod fit reus
adulterii, qui dimiſſam duxerit etiam ob cauſam fornicationis. *L. 2, de
conjug. adult. n.* 4.

Si per conjugis adulterium conjugale ſolvitur vinculum, ſequitur illa
perverſitas, ut & mulier per impudicitiam ſolvatur hoc vinculo : quæ ſi
ſolvitur, libera erit à lege viri; & ideò, quod inſipientiſſimè dicitur, non
erit adultera ſi fuerit cum alio viro, quia per adulterium liberata eſt à
lege viri. Quod ſi ita eſt à veritate devium, ut nullus id, non dico Chriſ-
tianus, ſed humanus ſenſus admittat; profectò *mulier alligata eſt quandiu
vir ejus vivit;* quod ut apertiùs dicam, quandiù vir ejus in corpore eſt.
Pari ergo formâ & vir alligatus eſt, quandiù mulier ejus in corpore eſt.
Undè ſi vult dimittere adulteram, non ducat alteram, ne quod in illâ
culpat, ipſe committat. Similiter & mulier ſi dimittit adulterum, non
ſibi copulet alterum; alligata eſt enim quandiù vir ejus vivit; nec à lege
viri niſi mortui liberatur, ut non ſit adultera ſi fuerit cum alio viro. *Ibid.*

& enseigne, suivant la doctrine de l'Evangile & de l'Apôtre Saint Paul, que l'adultere de l'un des conjoints ne rompt pas le mariage ; que laPartie innocente ne peut pas se remarier pendant la vie de la Partie adultere ; que le mari, qui, après avoir renvoyé sa femme adultere, en épouse une autre, commet un adultere ; & que la femme est coupable du même crime, quand elle contracte un second mariage du vivant du mari adultere dont elle s'est séparée. Le Concile *déclare anathême* à quiconque dira *que l'Eglise est dans l'erreur*, quand elle enseigne une pareille doctrine (*a*).

Si c'est un crime digne d'anathême, d'accuser l'Eglise d'erreur quand elle enseigne que l'adultere ne rompt pas le mariage : C'est donc une vérité révelée, un dogme appartenant à la Foi, que l'adultere ne dissout pas le lien du mariage. C'est pour cela que le Canon fut d'abord conçu en ces termes : *Si quelqu'un dit que le lien du mariage est rompu par l'adultere, & que l'un des conjoints peut contracter un autre mariage pendant que l'autre partie est vivante, qu'il soit anathême.* Mais les Ambassadeurs de Venise ayant représenté que ce Canon frappoit d'anathême la doctrine des Grecs qui habitoient les Isles de leur République, on prit un tempérament qui fut, non d'anathêmatiser ceux qui disent que l'adultere rompt le lien du mariage, mais ceux qui disent que l'Eglise est dans l'erreur quand

_____

(*a*) Si quis dixerit Ecclesiam errare, cum docuit & docet juxtà Evangelicam & Apostolicam Doctrinam, propter adulterium alterius conjugum matrimonii vinculum non posse dissolvi ; & utrumque vel etiam innocentem qui causam adulterio non dedit, non posse altero conjuge vivente aliud matrimonium contrahere, mœcharique eum qui dimissâ adulterâ aliam duxerit, & eam quæ dimisso adultero alii nupserit ; anathema sit. *Conc. Trident. Can. 6. sess. 24.*

elle enfeigne que l'adultere ne rompt pas le lien du mariage ; ce qui revient toujours au même pour le fond de la doctrine.

Si l'adultere qui attaque directement la fubftance du mariage, eft incapable d'en rompre le lien ; comment la diverfité de Religion, qui eft en foi étrangere au mariage, pourroit - elle en diffoudre le lien ? Cette doctrine eft inconféquente, & même abfurde. Cependant Levi prétend que faint Paul l'enfeigne dans le feptieme Chapitre de fa premiere Epitre aux Corinthiens. Mais fi on examine bien ce Chapitre de faint Paul, on demeurera convaincu que Levi ajoûte au texte de l'Apôtre, qu'il le falfifie d'après Gratien, & que S. Paul bien entendu, loin d'autorifer le mariage que ce Néophite veut contracter avec Anne Thevart, dit expreffément qu'il feroit un véritable adultere.

IV. Pour bien entendre le 7e Chapitre de la premiere Epître de faint Paul aux Corinthiens, il faut fe fouvenir que l'Apôtre y réfout différentes queftions que les Corinthiens lui avoient propofées fur le mariage, & aufquelles ils demandent la réponfe dans une Lettre qu'ils lui avoient écrite (a). Quand on lit ce Chapitre avec une certaine attention, on reconnoît que ces queftions peuvent fe reduire au nombre de cinq.

Les Fideles de Corinthe demandent, 1°. Si l'ufage du mariage ne doit pas être interdit à des per-

[a] Scripto tranfmiferant ad Paulum Corinthii fua quædam dubia de matrimonio, ideque ejus ufu & abftinentiâ. Apparet enim fuiffe quofdam apud eos, qui dicerent debere Chriftianum hominem omninò à complexu mulieris abftinere. Quâ occafione tradit Apoftolus toto hoc capite, faluberrimam & valde neceffariam doctrinam de matrimonio, virginitate, & continentiâ. *Eflius in Paulum.*

fonnes comme eux , qui font confacrées par état
à une vie toute fpirituelle , au jeûne , à la mortification , à la pénitence & à la priere. S. Paul répond à cette queftion depuis le verfet 1. jufqu'au
verfet 7. incluſivement.

Les Corinthiens demandent en fecond lieu , fi
les perfonnes veuves de l'un & de l'autre fexe peuvent penfer à fe remarier. S. Paul fatisfait à cette
queftion , *verfets 8 & 9.*

Ils demandent 3°, Si des perfonnes actuellement
dans les liens du mariage , font en droit de fe
féparer , au moins dans le cas où l'un des conjoints eft Chrétien & l'autre infidele. S. Paul
éclaircit cette importante queftion depuis le verfet 10 jufqu'au verfet 24.

4°. On demande à l'Apôtre , fi les perfonnes qui
n'ont point encore été mariées , doivent confacrer leur virginité au Seigneur ; & c'eft fur quoi
S. Paul donne d'excellentes regles de conduite ,
depuis le verfet 25 jufqu'au verfet 38.

Enfin on demande fi le divorce autorifé chez
les Juifs , & fi répandu parmi les Gentils , eft abfolument interdit aux Chrétiens ; & c'eft fur quoi
S. Paul établit deux maximes générales , dont l'une
eft un précepte indifpenfable , & la feconde eft
un confeil.

Pour décider avec difcernement la queftion du
Néophite marié avant fon baptême , & dont la
femme vit encore dans le tems où il veut en
époufer une feconde : il eft effentiel de bien entendre le Chapitre dont on vient de faire une cour-
te analyfe : de découvrir la liaifon fimple & naturelle de chaque verfet , après avoir foigneufement
diftingué chacune des queftions aufquelles S. Paul

eſt prié de répondre. Si on avoit approfondi le
ſens de ce Chapitre & le contexte des vérités que
S. Paul y enſeigne : les Theologiens & les Canoniſtes des derniers ſiécles n'auroient pas ſans doute cru y voir une exception à un dogme géne-
ral ; pendant que les premiers Chrétiens & la
Tradition des dix premiers ſiécles de l'Egliſe, n'y
ont trouvé que la confirmation même du dogme,
que *tout mariage une fois contracté légitimement, eſt*
abſolument indiſſoluble. On ne peut jamais diſſou-
dre un mariage qui a été contracté légitimement, dit
Domat dans ſon Traité des Loix. Il n'eſt donc
aucun cas dans lequel il ſoit poſſible d'en rompre le lien. L'adultere n'en eſt point un ; la diverſité de Religion & l'infidelité de l'un des conjoints l'eſt encore moins. *Le divorce*, dit ſaint Auguſtin, *ne rompt pas le lien conjugal. Le mari &*
la femme depuis leur ſéparation, ſont toujours maris
& femme comme auparavant, & ils ne peuvent du
vivant l'un de l'autre former d'autres liens, ſans ſe
rendre coupables d'adultere (a). C'eſt dans le Chapitre même de S. Paul invoqué par Levi, que le
S. Docteur a puiſé cette maxime inébranlable.

On commencera donc l'examen de la queſtion propoſée dans le Memoire à conſulter, par l'explication
& la traduction de ce Chapitre de S. Paul. On met-
tra d'un côté le texte de la Vulgate, rapproché du
Grec, & de l'autre la traduction Françoiſe en forme
de paraphraſe, afin de faire mieux ſentir la liaiſon de
la doctrine de S. Paul, & la diſtinction des queſtions
auſquelles il répond.

Page 15.

***

(a) Interveniente divortio, non aboletur illa confœderatio nuptia-
lis, ita ut ſibi conjuges ſint etiam ſeparati ; cum illis autem adulterium committant quibus fuerint etiam poſt ſuum repudium copulati,
vel illa viro, vel ille mulieri. *S. Aug. L. de bono conjug. n. 7.*

TEXTE LATIN DE LA VULGATE,

RAPPROCHÉ DU TEXTE GREC.

V. 1. *De quibus autem fcripfiftis mihi : bonum eft homini mulierem non tangere.* Id eft, jam verò quod attinet ad ea de quibus me per Epiftolam confuluiftis : *bonum eft , &c.*

2. *Propter fornicationem autem* (vitandam) *unuf-quifque uxorem habeat , & unaquæque fuum virum habeat.*

3. *Uxori vir debitum reddat ; fimiliter autem & uxor viro.*

4. *Mulier fui* (græcè *proprii*) *corporis pote-ftatem non habet , fed vir. Similiter autem & vir fui* (græcè *proprii*) *corporis poteftatem non habet , fed mulier.*

5. *Nolite fraudare invicem , nifi fortè ex con-fenfu ad tempus , ut vacetis orationi ,* (græcè *ut vacetis jejunio & orationi ;*) *& iterùm revertimini in idipfum , ne tentet vos Satanas propter incontinen-tiam veftram.*

6. *Hoc autem dico fecundùm indulgentiam , non fecundùm imperium.*

7. *Volo enim omnes vos effe ficut meipfum :* (græcè *Volo enim omnes homines effe ficut me-ipfum.*) *Sed unufquifque proprium donum habet ex Deo , alius quidem fic , alius verò fic.*

TRADUCTION.

TRADUCTION

DU 7ᴱ CHAPITRE DE LA I. EPITRE DE S. PAUL

AUX CORINTHIENS.

PREMIERE QUESTION.

L'ufage du mariage ne doit-il pas être interdit à
des perfonnes comme les premiers Chrétiens, qui
font confacrés par état à une vie toute fpirituel-
le, au jeûne, à la mortification, à la pénitence
& à la priere ?

V. 1. Pour venir maintenant aux queftions fur le mariage, que vous me propofez dans votre Lettre; je répons
à la premiere, que ce feroit un avantage pour l'homme de
ne pas toucher à la femme.

2. Néanmoins, pour éviter la fornication, que chaque
homme vive avec fa femme, & chaque femme avec fon
mari.

3. Que le mari rende à la femme ce qu'il lui doit, & que
la femme rende de même ce qu'elle doit à fon mari.

4. Le corps de la femme n'eft point en fa puiffance, mais
en celle de fon mari. De même le corps du mari n'eft point
en fa puiffance, mais en celle de fa femme.

5. Ne vous refufez donc rien l'un à l'autre, fi ce n'eft de
concert & pour un tems feulement, afin de pouvoir vaquer
plus parfaitement au jeûne & à la priere; & enfuite vivez
enfemble comme auparavant; de peur que le demon ne
prenne occafion de votre foibleffe naturelle pour vous
tenter.

6. Au refte, ce que je vous dis ici, n'eft point un com-
mandement qu'on entende vous faire; mais feulement une
chofe qu'on vous permet & qu'on vous accorde.

7. Car je voudrois que tous les hommes fuffent à cet
égard comme moi-même. Mais Dieu partage fes dons comme il lui plaît. Il les diftribue à l'un d'une maniere, & à
l'autre d'une autre; & je fçais, pour me renfermer dans l'efpece dont Il s'agit) que la continence n'eft pas donnée à tout
le monde.   E

8. *Dico autem non nuptis & viduis : bonum est illis si sic permaneant sicut & ego.* Id est, dico viris & mulieribus priori matrimonio nunc solutis. De quo sensu vide Estium in hæc Pauli verba.

9. *Quòd si non se continent, nubant ; melius est enim nubere quàm uri.* Græcè, *Quòd si non continent, matrimonium contrahant ; melius est enim matrimonio jungi, quàm uri.*

10. *Iis autem qui matrimonio juncti sunt, præcipio, non ego, sed Dominus, uxorem à viro non discedere.* Græcè, *Conjugatis autem præcipio, non ego, sed Dominus, uxorem à viro non separari.*

11. *Quòd si discesserit* (a), *manere innuptam, aut viro suo reconciliari ; & vir uxorem non dimittat.* Græcè, *Si verò & separata fuerit, maneat innupta, aut viro suo reconcilietur ; & virum dimittere uxorem ;* id est, *præcipio virum non dimittere,* &c. *Viro suo reconcilietur :* id est, Revertatur ad virum suum. *Estius.*

12. *Nam cæteris ego dico, non Dominus : Si*

_____

(a) Sive propter fornicationem viri , vel quia ab illo dimissa est ob quamcumque causam, ut solent tam Gentiles, quam Judæi suas uxores dimittere. *Estius.*

SECONDE QUESTION.

Les perſonnes veuves de l'un & l'autre ſexe ne doivent-elles pas regarder la continence comme un devoir pour elles, & en conſéquence, leur eſt-il permis de penſer à ſe remarier ?

8. Quant aux perſonnes de l'un & de l'autre ſexe, qui ont été autrefois dans les liens du mariage, & qui ſont maintenant en viduité ; je leur déclare qu'il eſt plus avantageux pour elles de reſter dans l'état où elles ſont, & de vivre comme moi dans la continence.

9. Si cependant elles ſont trop foibles pour la garder, qu'elles ſe marient ; car il vaut mieux ſe marier que de brûler.

TROISIEME QUESTION.

Des perſonnes actuellement dans les liens du mariage, ſont-elles en droit de ſe ſéparer, au moins dans le cas où l'un des conjoints eſt Chrétien, & l'autre infidele ?

10. & 11. Pour ce qui eſt des perſonnes de l'un & de l'autre ſexe, qui ſont actuellement engagées dans les liens du mariage ; c'eſt le Seigneur lui-même qui commande à la femme de ne pas ſe ſéparer de ſon mari, & qui lui défend de ſe remarier dans le cas où elle s'en ſépareroit. La femme ſéparée n'a d'autre parti à prendre, que de garder la continence, ou de revenir avec ſon mari. Le Seigneur défend pareillement au mari de ſe ſéparer de ſa femme ſans une cauſe juſte & légitime.

12. Ainſi dans la regle générale, la femme ne doit pas ſe ſéparer de ſon mari, ni le mari ſe ſéparer de ſa femme. C'eſt la loi du Seigneur. Mais cette loi ne ſouffre-t-elle pas

quis frater uxorem habet infidelem, & hæc confentit habitare cum illo, non dimittat illam.

Cæteris ego dico : Hæc verba continent peculiarem cafum, cum illis quæ dixit de conjuge non remittendâ cohærentem. *Eftius.* Ad imparia, fcilicet, hoc eft, ubi non ambo Chriftiani fuerant, conjugia loquitur. *S. Auguft. L.* 1. *de Conjug. adult. n.* 14.

13. *Et fi quæ mulier fidelis habet virum infidelem, & hic confentit habitare cum illâ, non dimittat virum.*

14. *Sanctificatus eft enim vir infidelis per mulierem fidelem, & fanctificata eft mulier infidelis per virum fidelem ; alioquin filii veftri immundi effent, nunc autem fancti funt.*

15. *Quòd fi infidelis difcedit, difcedat ; non enim fervituti fubjectus eft frater aut foror in hujufmodi ; in pace autem vocavit nos Deus.* Syriacè, *Si infidelis feparat fe, feparet fe.* Græcè, *Si infidelis feparatur, feparetur :* aut ; *Si infidelis feorfum habitat, feorfum habitet ; frater enim & foror in talibus non fubjicitur tanquam fervus ; quippe ad pacem vocavit nos Deus.*

16. *Unde enim fcis, mulier, fi virum falvum*

d'exception, & doit-elle avoir lieu en particulier dans l'efpece que vous me propofez dans votre Lettre, c'eft-à-
dire, quand l'un des conjoints eft Chrétien, & l'autre infidele ? Dans cette efpece, il n'y a point de précepte du
Seigneur, qui ordonne ou qui défende la féparation. Je
n'ai donc pas de précepte à vous préfenter ici, & par
conféquent je me trouve réduit à ne vous propofer que
des avis. Or voici ce que je penfe à cet égard : Si un de
nos freres a une femme infidelle, qui confente de demeurer avec lui, qu'il ne s'en fépare pas.

13. Et fi une femme fidelle a un mari infidele, qui confente de demeurer avec elle, qu'elle ne fe fépare point
de lui.

14. Car le mari infidele eft fanctifié par la femme fidelle,
& la femme infidelle eft fanctifiée par le mari fidele. Autrement vos enfans feroient encore aujourd'hui dans le même état où ils étoient lorfque les deux conjoints avoient
le malheur de vivre l'un & l'autre dans l'infidélité, c'eft-à-
dire, qu'ils feroient fouillés & impurs. Cependant ils font
faints, parce que la partie fidele a eu foin de leur procurer
la grace du baptême qui les a lavés de toutes leurs ini-
quités.

15. Si cependant la Partie infidelle fe fépare ; fi elle fe
retire pour fe choifir un domicile à l'écart ; qu'elle fe fépare,
qu'elle fe retire, qu'elle vive à part. Car, en des cas pareils, notre frere ou notre fœur ne font point obligés de
fuivre comme des efclaves la Partie infidelle qui abandonne
l'autre par paffion, par humeur, par caprice, par antipa-
thie, en haine de la véritable Religion, en un mot, fans
caufe légitime. Dans ces circonftances, un Chrétien n'eft
point obligé de regretter, ni de courir après une cohabitation qui étoit un fujet de divifions, de querelles & de
diffenfions continuelles ; car Dieu nous a appellés nous autres Chrétiens, à vivre dans la paix, dans l'union & la
concorde.

16. Il eft vrai que cette féparation &, pour ainfi dire,
cette fuite de la Partie infidelle, fait prefque défefperer de
fon falut. C'eft pour cela que la Partie fidele doit tâcher
de l'empêcher, autant qu'il fera en elle, par la douceur,
a patience, par toutes les complaifances qui font permifes

facies ? aut unde ſcis , vir , ſi mulierem ſalvam fa-
cies ?

Unde enim ſcis : id eſt, Fortaſſe enim , ô mulier ,
virum , &c. Apud Hebræos illa phraſis , *Qui ſcis ,*
vel *Quis ſcit* , probabilem , & , ut ita dicam , ſpera-
bilem facit affirmantem interrogationis partem. Sic
Joel, 2. *Quis ſcit ſi convertatur , & ignoſcet Deus ?*
Eſtius.

17. *Niſi unicuique ſicut diviſit Dominus , unum-*
quemque ſicut vocavit Deus ita ambulet , & ſicut in
omnibus Eccleſiis doceo. (a)

Niſi eumdem ſenſum hìc habere videtur ac *præ-*
tereà , ſeu , *adde quod.*

18. *Circumciſus aliquis vocatus eſt ? Non addu-*
cat præputium. In præputio aliquis vocatus eſt ?
Non circumcidatur.

19. *Circumciſio nihil eſt , & præputium nihil eſt ;*
ſed obſervatio mandatorum Dei.

20. *Unuſquiſque in quâ vocatione vocatus eſt , in*
eâ permaneat.

21. *Servus es , non ſit tibi curæ ; ſed etſi potes*
fieri liber , magis utere.

22. *Qui in Domino vocatus eſt ſervus , libertus*
eſt Domini : ſimiliter , qui liber vocatus eſt , ſervus
eſt Chriſti.

23. *Pretio empti eſtis ; nolite fieri ſervi hominum.*
Pretio (*emphaticè*) d'un grand prix.

(a) Eſtius innuit verſiculum 17 & ſequentes præcedentibus cohæ-
rere, illorumque eſſe probationem , ſeu potiùs confirmationem. Sic
tamen habe poſteriora hæc antecedentibus agglutinari, ut ſimul in-
telligas Apoſtolum obiter , & conſultò arreptâ occaſione , docere non
pauca , ſervis utiliſſima & ſaluberrima.

à un Chrétien, par la priere, par les larmes & les gémiſſe-
mens. Car ces différens moyens peuvent enfin devenir
entre les mains de la femme fidelle, l'occaſion de la ſanc-
tification du mari infidele, comme ils peuvent ſervir au
mari fidele pour gagner à J. C. la femme infidelle. C'eſt
pour cela qu'il ne faut ſe décider pour la ſéparation, qu'à
la derniere extrêmité.

17. Pour confirmer ce que je viens de vous dire, il ſuffit de vous rappeller une regle générale que j'enſeigne dans
toutes les Egliſes; c'eſt que chacun doit mettre à profit le
don particulier que Dieu lui a déparṭi, & demeurer, autant qu'il peut, dans l'état où il étoit quand le Seigneur l'a
appellé.

18. Ainſi, quelqu'un a-t-il été appellé à la foi étant circoncis? qu'il n'efface pas les marques de la circonſion. S'il
a été appellé étant incirconcis, qu'il ne le faſſe pas cir-
concire.

19. Et dans la vérité, ce n'eſt rien d'être circoncis,
comme ce n'eſt rien d'être incirconcis; mais le tout eſt d'ob-
ſerver les Commandemens de Dieu.

20. Encore une fois, que chacun demeure dans l'état où
il étoit lorſqu'il a été appellé.

21. Avez-vous été appellé étant eſclave? ne portez pas
cet état avec peine; mais plutôt faites-en un bon uſage en
y demeurant, quand même vous pourriez devenir libres.

22. Car celui qui, étant eſclave, eſt appellé au ſervice
du Seigneur, devient dès ce moment affranchi du Seigneur;
comme celui qui a été appellé étant libre, devient lui-même eſclave de J. C.

23. Pour ſupporter avec joye votre eſclavage ſelon le
monde, il ſuffit de vous rappeller que vous avez été ra-
chetés d'un grand prix, que le ſang d'un Dieu fait homme
vous a tirés de l'eſclavage du péché, & que cet eſclavage
eſt le ſeul qui doive vous faire rougir. Rendez donc à
vos Maîtres le ſervice que vous leur devez; mais ne les
rendez pas d'une maniere toute humaine, & en ne regar-
dant que l'homme; mais ſouvenez-vous que, dans tout ce
que vous faites, vous êtes moins les ſerviteurs des hommes,
que de Jeſus-Chriſt même.

24. *Unufquifque in quo vocatus eft, Fratres,
in hoc permaneat apud Deum.*

25. *De Virginibus autem præceptum Domini non
habeo; confilium autem do, tanquam mifericordiam
confecutus à Domino ut fim fidelis.*

26. *Exiftimo ergò hoc bonum effe propter inftantem neceffitatem, quoniam bonum eft homini fic effe.*

Propter inftantem neceffitatem, id eft, propter
hujus fæculi moleftias & incommoda quæ plurima
fecum trahit ftatus conjugalis. *Eftius.*

Bonum eft homini. Dicens *homini*, confilium
fuum facit commune utrique fexui, ne quis ad
folas fœminas virgines referat. *Eftius.*

27. *Alligatus es uxori? noli quærere folutionem:
Solutus es ab uxore? noli quærere uxorem.*

Solutus es ab uxore, id eft, nunquam ligatus
fuifti; nam & qui nunquam habuerunt, vulgò fo-
luti dicuntur. *Eftius.*

28. *Si autem acceperis uxorem* (græcè) *fed eifi
uxorem acceperis, non peccafti; & fi nupferit Virgo,
non peccavit : tribulationem tamen carnis habebunt
hujufmodi; ego autem vobis parco.*

Sanctus Bafilius, lib. de virginitate, conjugium
vocat *dolorum officinam.* Unde Sanctus Auguftinus
in libro de fanctâ virginitate, cap. 16. *Iftam*, in-
quit, *tribulationem carnis, quam nupturis prædicit
Apoftolus, fufcipere tolerandam perftultum effet, nifi
metueretur*

24. Je ne cefferai de vous le répeter, mes freres ; que chacun de vous demeure au fervice de Dieu, dans l'état où il étoit quand il a été appellé à la Foi ; & par une fuite de cette regle de conduite, que j'inculpe par-tout ; que la femme qui étoit mariée à un infidele avant fa converfion, faffe tout ce qu'elle pourra pour vivre avec lui, depuis qu'elle eft devenue Chrétienne. Que le mari Chrétien tienne la même conduite à l'égard de la femme infidelle qu'il a époufée avant qu'il fût éclairé des lumieres de la Foi.

QUATRIEME QUESTION.

Les perfonnes de l'un & de l'autre fexe qui n'ont point encore été mariées, doivent-elles confacrer à Dieu leur virginité ?

V. 25. Je dis fur cette Queftion ce que j'ai déja dit fur deux époux dont l'un eft Chrétien & l'autre Infidele ; c'eft qu'il n'y a point à cet égard, de précepte du Seigneur qui ordonne ou qui défende de fe marier. Ainfi je me bornerai à vous donner encore ici un confeil que vous recevrez comme le confeil d'un homme qui a reçu de Dieu la grace d'être fidele aux devoirs de fon miniftere.

26. Je crois donc, à caufe des peines, des afflictions & des fouffrances en grand nombre qui accompagnent le mariage, qu'il eft plus avantageux à ceux qui ne font pas mariés, de refter dans l'état où ils font.

27. Avez-vous une femme ? ne cherchez point à rompre vos liens. (a) Avez-vous été libre jufqu'à préfent ? ne cherchez point à vous lier.

28. Au refte, fi un homme époufe une femme, il ne péche pas. Si une fille fe marie, elle ne péche pas non plus. Mais ces perfonnes fouffriront dans leur chair bien.

(a) S. Paul le défend expreffément, ⍟. 10 & 11 *fupra.* ⍟. 39. *infrà* ; & dans fon Epitre aux Romains, Chap. 7. ⍟. 2. 3.

F

metueretur incontinentibus, ne tentante Satanâ, in peccata damnabilia laberentur.

29. Hoc itaque dico (græcè) hoc autem dico, Fratres; tempus breve est; reliquum est ut qui habent uxores, tanquam non habentes sint.

30. Et qui flent tanquam non flentes; & qui gaudent, tanquam non gaudentes; & qui emunt, tanquam non possidentes.

31. Et qui utuntur hoc mundo, tanquam non utantur; præterit enim figura hujus mundi.

32. Volo autem vos sine sollicitudine esse. Qui sine uxore est, sollicitus est quæ Domini sunt, quomodo placeat Deo.

33. Qui autem cum uxore est, sollicitus est quæ sunt mundi, quomodo placeat uxori, & divisus est.

34. Et mulier innupta, & virgo cogitat quæ Domini sunt, ut sit sancta corpore & spiritu. Quæ autem nupta est, cogitat quæ sunt mundi, quomodo placeat viro.

35. Porrò hoc ad utilitatem vestram dico, non ut laqueum vobis injiciam, sed ad id quod honestum est, & quod facultatem præbeat sine impedimento Dominum obsecrandi.

36. Si quis autem turpem se videri existimat super virgine suâ, quod sit superadulta, & ita oportet fieri; quod vult faciat; non peccat si nubat.

37. Nam qui statuit in corde suo firmus, non

des maux que je voudrois vous épargner comme à mes enfans.

29. Voici donc, mes freres, ce que j'ai à vous dire, en considérant la brieveté de la vie. Le tems est court, & celui qui nous reste à passer sur la terre, sera bientôt écoulé. Ainsi, que ceux qui ont des femmes, en soient détachés comme s'ils n'en avoient point.

30. Que ceux qui pleurent, soient comme s'ils ne pleuroient point ; ceux qui sont dans la joye, comme s'ils n'y étoient pas ; ceux qui achetent, comme ne possedant point.

31. Et ceux qui usent de ce monde, comme n'en usant pas ; car la figure de ce monde passe.

32. Pourquoi donc s'y livrer aux soins & aux sollicitudes qui sont inséparables du Mariage ? Celui qui n'a pas de femme, n'est occupé que du Seigneur & des moyens de lui plaire.

33. Mais quand un homme est une fois marié, il s'occupe des moyens de plaire à sa femme, & par là il se trouve partagé entre Dieu & le monde.

34. De même une veuve & une fille s'occupe uniquement du Seigneur & des moyens de devenir sainte de corps & d'esprit. Est-elle mariée, elle pense aux choses de ce monde & aux moyens de plaire à son mari.

35. Au reste ce que je vous dis ici, n'est pas pour vous tendre un piege, en vous conseillant de rester dans un état qui seroit au dessus de vos forces, mais uniquement pour votre avantage, & pour vous donner un moyen d'écarter les obstacles qui pourroient vous empêcher de vous attacher à Dieu, & de le servir sans partage.

36. Je sçais qu'une fille n'est pas pleinement maîtresse de sa volonté par rapport au mariage ; le pere y a une autorité qu'il tient également de la nature & de la Loi. Si donc un pere regarde comme un deshonneur pour lui d'avoir dans sa maison une fille qui n'est point encore mariée, quoiqu'elle soit déjà parvenue à un âge mûr, il est le maitre de faire ce qu'il voudra, & il ne pêche pas s'il la marie.

37. Si un autre n'est pas touché par le motif dont je viens de parler ; si d'ailleurs n'étant déterminé ni par l'inclination

habens necessitatem; potestatem autem habens suæ. voluntatis, & hoc judicavit in corde suo, servare virginem suam, benè facit.

38. Igitur & qui matrimonio jungit virginem suam, benè facit; & qui non jungit, meliùs facit.

39. Mulier alligata est legi quanto tempore vir ejus vivit; quod si dormierit vir ejus, liberata est, cui vult nubat, tantùm in Domino. Græcè mulier ligata est lege, scilicet matrimonii, quanto tempore vir ejus vivit. Si autem & dormierit vir ejus, libera est cui vult nubere, tantùm in Domino.

40. Beatior autem erit si sic permanserit secundùm meum consilium. Puto autem quod & ego spiritum Dei habeam. Græcè beatior autem est, si sic maneat secundùm meam sententiam. &c.

de sa fille pour le mariage, ni par aucune autre raison qui faffe pencher sa volonté, il prend la ferme resolution de conserver sa fille dans l'état de virginité, auquel elle désire elle-même de se consacrer, il fait bien de ne la pas marier.

38. Ainsi celui qui marie sa fille, fait bien, & celui qui ne la marie pas, fait encore mieux.

CINQUIÉME QUESTION.

Sur le divorce qui du tems de St. Paul, étoit si commun parmi les Juifs & les Gentils.

39. Vous me demandez enfin si le divorce autorisé parmi les Juifs & les Gentils, est permis aux Chrétiens : je vous répons que non, parce que tout mariage contracté légitimement est, selon la doctrine du Seigneur, révelée dans l'Evangile, absolument indissoluble. Que la femme sçache donc qu'elle est liée par la loi du mariage, tant que son mari est vivant, & que tout autre mariage lui est interdit avant sa mort ; mais s'il vient à mourir, elle est dégagée de ses premiers liens, & il n'est point de loi qui l'empêche alors de se remarier à qui elle voudra. Qu'elle se souvienne néanmoins qu'elle ne doit se marier que dans le Seigneur.

40. Mais si elle veut m'en croire, elle restera dans l'état de liberté que la mort de son mari lui aura rendu ; elle y sera plus heureuse que dans un second mariage. Ce n'est point ici à la vérité un précepte, un devoir ; elle ne péche pas si elle se détermine à prendre un second mari, après que la mort lui aura enlevé le premier : ce qui auroit été un crime avant cette mort, est permis depuis qu'elle est arrivée. Mais encore une fois, je lui conseille de ne pas user de cette liberté ; elle sera plus heureuse en restant comme elle est ; & quand je lui parle ainsi, je crois que c'est l'esprit de Dieu qui parle par ma bouche.

V. Voilà l'explication fimple & naturelle du feptiéme Chapitre de la premiere Epître de S. Paul aux Corinthiens; & il eft évident que ce Chapitre ne prouve rien en faveur de Lévi. Pour s'en convaincre, il fuffit de parcourir les cinq queftions dans lefquelles on l'a partagé.

La premiere, depuis le verfet 1 jufqu'au verfet 8, ne regarde que les devoirs du mari & de la femme, l'un envers l'autre.

Dans la réponfe à la feconde queftion, S. Paul confeille aux perfonnes veuves de l'un & de l'autre fexe, de ne pas fe remarier. Dans la réponfe à la quatriéme, il donne le même confeil à ceux qui n'ont jamais été mariés; & dans la réponfe à la cinquiéme, il dit que le divorce, quoiqu'autorifé par-mi les Juifs, eft abfolument défendu par la Loi Evangélique; & qu'une femme une fois unie par les liens du mariage, ne peut les rompre que par la mort naturelle de fon mari. Il en eft de même du mari, relativement à fa femme; il n'en peut époufer une feconde, qu'après la mort de la premiere. Toute cette doctrine, loin de favorifer la prétention de Lévi, la combat de la maniere la plus formelle.

Dans l'efpece particuliere renfermée fous la troifiéme queftion (efpece qui eft celle même de Lévi) S. Paul préfente encore quelque chofe de plus précis contre lui. Les Corinthiens demandent à l'Apôtre, fi un mari fidele & chrétien ne peut pas abandonner une femme payenne & infidelle; & fi la femme fidelle n'eft pas autorifée à fon tour, & par le même principe, à abandonner le mari infidele.

Pour premiere réponfe à cette queftion, l'Apôtre

V. 39.

V. 27.

établit d'avance, comme une maxime inébranlable, & comme un précepte de Jesus-Christ même, que la femme ne doit pas quitter son mari; & que si elle le quitte, elle doit s'interdire un second mariage, garder la continence, ou retourner avec son mari. Il ordonne la même chose au mari, à l'égard de la femme. Voilà l'indissolubilité du lien, établie de la maniere la plus claire & la plus authentique : aussi depuis le verset 12 jusqu'au verset 15 , S. Paul ne parle plus que de la séparation d'habitation; & cela dans l'espece où l'un des deux époux est Chrétien, & l'autre Infidele, ou Payen. L'Apôtre nous enseigne que le mari fidele ne doit pas renvoyer la femme infidelle, *si elle consent de demeurer avec lui:* il dit pareillement à la femme fidelle, de ne pas abandonner son mari infidele, *s'il consent de demeurer avec elle.* Mais si la partie infidelle se sépare par haine, par antipatie, par passion, par esprit de discorde, de querelles & de dissentions continuelles, la partie fidelle n'est point obligée alors de courir après l'infidelle, parce que Jesus-Christ a appellé les Chrétiens à vivre dans l'union & dans la paix. Il est évident que cette séparation *à thoro* n'est qu'une séparation d'habitation, comme S. Paul le dit deux fois, *versets 12 & 13 ;* c'est, en un mot, cette espece de séparation accordée parce qu'on ne peut pas vivre dans l'union & dans *la paix* : séparation qui emporte avec elle la défense de contracter un nouveau mariage, *manere innuptam.* N'être pas esclave jusqu'au point d'être obligé de courir après la partie infidele qui se retire ; n'être pas forcé de vivre & de cohabiter avec elle en pareil cas, est-ce avoir par cela même le droit de rompre ses liens,

V. 10. 11.

V. 27.

V. 12.
V. 13.

V. 15.

V. 15.

& de se remarier à un autre? Non sans doute: S. Paul décide qu'ils ne peuvent se rompre que par la mort. Le *discedit* du verset 15, est le même mot, & renferme la même idée que le *discesserit* du verset 11. Selon le texte grec de ces deux versets, il n'y est question que d'une simple séparation: *Si separatur, si separata fuerit, si seorsùm habitare voluerit*: or la simple séparation n'autorise pas à former de nouveaux liens, puisque S. Paul défend à la femme séparée de son mari, de contracter un nouveau mariage: *Si discesserit, manere innuptam.*

V. 11.

Ainsi S. Paul défend dans tous les cas, la rupture du lien: il défend à la femme séparée, de contracter un nouveau mariage: il ne veut pas que l'homme une fois marié, cherche à rompre ses liens: il dit que la femme mariée ne peut rompre ses liens que par la mort de son mari; & il déclare qu'elle est coupable d'adultere, si de son vivant elle en épouse un autre. Quand il répond au cas particulier où l'un des conjoints est fidele, & l'autre infidele, il ne parle que de la séparation d'habitation avec elle: *S'il consent de demeurer avec elle, si elle consent de demeurer avec lui, s'il se sépare, s'il veut demeurer en particulier*, &, pour ainsi dire, faire bande à part: la partie fidelle n'est pas alors obligée de suivre la partie infidelle; elle n'est pas une esclave forcée à tout moment de supporter les caprices & les volontés bisarres de son maître: en un mot, elle peut le laisser aller, sans courir après lui; car le verset 15 ne dit pas autre chose. Et cependant, de cette simple séparation de corps, autorisée par S. Paul à l'extrémité, & quand toutes les ressources pour la cohabitation permanente sont épuisées,

V. 11.

V. 11.

V. 27.

Rom. 7. v. 3.
1. Corinth. 7. v. 39.

épuifées, on voudra conclure, d'après l'Apôtre même, qu'il donne au conjoint la liberté de rompre le lien du mariage, pendant que S. Paul le défend expreffément dans le même Chapitre, verfets 11, 27, 39 ; & dans fon Epître aux Romains Chap. 7, v. 2 & 3. S. Marc & S. Luc difent que tout homme, fans exception, qui renvoye fa femme pour en époufer une autre, eft coupable d'adultere : ils difent pareillement que toute femme, fans exception, qui quitte fon mari pour en époufer un autre, commet un adultere. S. Matthieu dit la même chofe, en ajoutant que l'adultere eft une caufe légitime de féparation de corps feulement. S. Paul défend en quatre endroits, la rupture du lien dans quelque cas que ce puiffe être : il dit que cette rupture eft condamnée dans l'Evangile ; qu'elle eft contraire *au précepte du Seigneur*. Il permet feulement la féparation d'habitation, dans le cas de diverfité de Religion ; & on nous dira que l'Apôtre permet en ce dernier cas, la rupture du lien, & qu'il donne au Néophite baptifé, le droit ou le privilege d'abandonner fa femme pour en époufer une autre ! En vérité, la plume tombe ici des mains ; on ne peut revenir de la furprife que caufe un pareil aveuglement ; & plus on y penfe, plus il paroît inconcevable.

La loi du mariage, *dit S. Paul*, lie une femme » à fon mari ; tant que le mari eft vivant ; mais lorf- » qu'il eft mort, elle eft dégagée de la loi qui la » lioit à fon mari. Si donc elle a commerce avec un » autre homme, pendant la vie de fon mari, elle » fera tenue pour adultere : mais fi fon mari vient à » mourir, elle eft affranchie de la loi du mariage,

Rom. 7. v. 2. 3.

» & elle peut, sans adultere, en épouser un autre ».

Ces paroles de l'Apôtre, si souvent répétées, & rappellées en tant de manieres différentes dans ses Epîtres, sont vraies, dit S. Augustin ; elles sont énergiques ; elles sont claires, & renferment la véritable Doctrine Evangélique. Une femme ne peut appartenir légitimement à un second mari, qu'elle n'ait cessé d'être liée au premier ; & elle ne sera dégagée des liens qu'elle a contractés avec son premier mari, que par la mort de ce premier mari : *Hæc Apostoli verba, totiens repetita, totiens inculcata, vera sunt, viva sunt, sana sunt, plana sunt. Nullius viri posterioris mulier uxor esse incipit, nisi prioris esse desierit : esse autem desinet uxor prioris, si moriatur vir ejus, non si fornicetur.*

Pollentius proposa à S. Augustin quelques questions sur le mariage, comme les Corinthiens en avoient proposées à S. Paul. Le saint Docteur, pour répondre à Pollentius qu'il appelle *Frater dilectissime Pollenti*, *Frater religiose Pollenti*, composa ses deux Livres intitulés, *des mariages adulterins*. S. Augustin, depuis le commencement jusqu'à la fin de ces deux Livres, n'établit proprement que cette seule proposition : *L'adultere & la diversité de Religion ne rompent pas le lien du mariage ; mais ils sont l'un & l'autre une cause légitime de séparation de corps & d'habitation.* Le saint Docteur distingue deux sortes de fornication ; la fornication charnelle, autrement appellée l'*adultere*, & la fornication spirituelle, c'est-à-dire l'infidélité ou la diversité de Religion. L'adultere, dit S. Augustin, est, selon S. Matthieu, une cause légitime de séparation de corps. La diversité de Religion ou l'infidélité, est

S. Aug. L. 2. de conjug. adult. n. 4.

felon S. Paul dans le feptiéme Chapitre de fa premiere Epître aux Corinthiens, une autre caufe légitime de féparation d'habitation, quand la partie infidelle refufe de demeurer avec la partie fidelle ou
chrétienne : ce qui n'exclut pas, pour le dire en
paffant, les autres caufes de féparation de corps &
d'habitation que peuvent autorifer les Puiffances
auxquelles le droit en appartient. Mais, dit S. Auguftin, l'adultere & l'infidélité, ou la diverfité de
Religion, ne peuvent jamais rompre le lien du mariage : ainfi, continue-t-il, *foit dans le cas de la*
fornication charnelle, foit dans le cas de la fornica-
*tion fpirituelle, autrement appellée l'*infidélité, *il*
n'eft pas permis à la femme de quitter fon mari
pour en époufer un autre, ni au mari de renvoyer fa
femme pour en prendre une autre ; parce que le Sei-
gneur dit, fans aucune exception quelconque, » Si la
» femme quitte fon mari, & en époufe un autre,
» elle commet un adultere : & tout homme qui ren-
» voye fa femme, & en époufe une autre, commet
un adultere (a).

Marc. 10. 12.

Luc. 16. 18.

Rien n'eft plus précis ni plus clair que ce texte
de S. Auguftin ; c'eft l'efpece même de Lévi qui y
eft décidée. Il demande que la Cour l'autorife à répudier Mandel-Cerf, qui eft dans le cas de la fornication fpirituelle, c'eft-à-dire dans le cas de l'infidélité, d'une Religion en un mot différente de la

***

(a) Propter quodlibet tamen fornicationis genus, five carnis, five
fpiritûs, ubi & infidelitas intelligitur : & dimiffo viro, non licet alteri
nubere, & dimifsâ uxore, non licet alteram ducere ; quoniam Dominus, NULLA EXCEPTIONE FACTA, dicit : *Si uxor dimiferit virum fuum,*
& alii nupferit, mœchatur : & *, omnis qui dimittit uxorem fuam, & ducit*
alteram, mœchatur. S. Aug. L. 1. de conjug. adult. n. 31. tout à la fin.

Religion Catholique. Il veut répudier cette femme légitime, pour épouser Anne Thévart : il s'appuie sur la discipline actuelle de l'Eglise, sur une foule de Théologiens & de Canonistes modernes qui le lui permettent, parce qu'ils ont mal entendu S. Paul & l'Evangile : il présente encore des Rituels, celui même de Soissons, & quelques Catéchismes. S. Augustin, qui entend mieux S. Paul & l'Evangile, que ne les entendent tous ces Théologiens, Canonistes, & Rédacteurs de Catéchismes nous dit : d'après S. Paul & l'Evangile, qu'il ne peut épouser Anne Thévart, ou autre, du vivant de Mandel-Cerf, sans se rendre par-là même coupable d'adultere : & la discipline qui paroît aujourd'hui le laver de ce crime réel en lui-même, est une discipline abusive qu'on ne sçauroit trop-tôt réformer. L'exemple de mariages semblables, comme celui d'Albert & autres, que l'Eglise a tolérés dans un temps où la question n'avoit point été discutée, approfondie, examinée & éclaircie, comme elle le deviendra pour l'avenir : ne suffisent pas pour autoriser Lévi à en contracter un pareil ; parce que ce qui n'a été introduit d'abord que par l'erreur, & non par la raison, & qui n'a subsisté ensuite que par la coutume, dit le Droit Civil, ne doit point être tiré à conséquence pour l'avenir, même dans des cas semblables. Et en effet, *quoiqu'il soit juste d'avoir en général, des égards pour une coutume fortifiée par un long usage, il n'est cependant pas permis d'en être esclave au point de la faire triompher de la raison ou de la Loi (a).* Le Droit

_____

(a) Quod non ratione introductum, sed errore primùm, deindè

Canonique nous apprend lui-même, qu'un pareil usage ne doit point être appellé *une coutume*, mais *un abus, une corruption, une dépravation (a)*. Cette discipline étoit inconnue dans toute l'Eglise, au temps où S. Augustin écrivoit ses deux Livres *des mariages adultérins*, c'est-à-dire vers l'an 419; & on ne cite aucun exemple de pareils mariages avant Gratien, c'est-à-dire avant le onziéme siécle. Les premiers Chrétiens, qui entendoient si bien la Doctrine de l'Evangile, & celle de S. Paul sur cette matiere, n'en ont jamais conclu dans la pratique, qu'ils eussent droit d'abandonner la partie infidele, pour contracter un autre mariage. Si le systême de Lévi étoit vrai, les fastes de l'Antiquité Ecclésiastique nous présenteroient à chaque page des exemples de pareils mariages: cependant on est dans l'impossibilité d'en produire un seul. Il est vrai qu'on peut citer plusieurs exemples de divorce, parce que le divorce a été long-temps autorisé, même par les Princes Chrétiens, comme le remarque l'Auteur des Conférences de Paris sur le mariage. Ces divorces étoient fondés sur les Loix Romaines, lesquelles, suivant la remarque de S. Augustin, les permettoient, contre le texte formel de l'Evangile qui les condamne comme des adulteres. Mais jamais les Chrétiens des premiers siécles de l'Eglise

T. 1. p. 407.

L. 1. de nuptiis & concup. c. 10.

---

confuetudine obtentum est; in aliis similibus non obtinet. *L. 39. Cod. de Legibus.*

Confuetudinis usúfque longævi non vilis auctoritas; verùm non usque adeò suî valitura momento, ut aut rationem vincat aut legem. *Ibid. L. 2. Quæ sit longa consuet.*

(a) Non tam consuetudo, quàm corruptela. *Cap. Cùm venerabilis. extrà, de consuetudine.*

n'ont fondé aucun divorce fur le feptiéme Chapitre de la premiere Epître de S. Paul aux Corinthiens. S. Jerôme dit au contraire, que S. Paul les condamne, pendant que Papinien les approuve : *Aliæ Leges Cæfarum, aliæ Chrifti ; aliud Papinianus , aliud Paulus nofter ;* c'eft-à-dire : *Les Loix des Empereurs font différentes de celles de Jefus-Chrift fur le divorce ; Papinien décide d'une façon, & S. Paul de l'autre.*

Tertullien, Saint Jerome, Saint Auguftin, Theophilacte , le Cardinal Cajetan, & bien d'autres qu'on trouveroit fans doute , fi on parcouroit exactement la tradition , fe réuniffent avec les Peres Grecs des premiers fiecles de l'Eglife , pour entendre la féparation autorifée par Saint Paul dans fa premiere Epître aux Corinthiens, d'une fimple féparation de corps & d'habitation , & toutes les lumieres qu'on peut trouver fur ce point dans l'antiquité eccléfiaftique , ne tendent qu'à profcrire la prétention de Lévi. Gratien eft le premier qui ait frayé une nouvelle route au milieu du onziéme fiecle. Il a été fuivi par Innocent III. & par une foule d'autres , qui ayant perdu l'ufage de chercher la véritable doctrine dans les fources inalterables de l'Ecriture & de la tradition , fe font copiés les uns les autres fans examen & fans difcernement. La foule des Theologiens fuivis par les Canoniftes, a accredité l'erreur fur cette matiere comme fur plufieurs autres. A force de dire comme les autres, on a cru qu'on difoit vrai , pendant qu'on s'égaroit avec la foule. C'eft, comme le remarque Seneque, le défaut des hommes, Ils fe fuivent comme des troupeaux ; ils marchent avec confiance dans le

Ep. ad Ocean.

chemin qui eſt battu, ſans penſer même à demander
ſi c'eſt celui qui conduit au but où ils veulent
arriver. (*a*)

L'erreur de Gratien, quelqu'accréditée qu'elle
fût lors de la tenue du Concile de Trente, y fut
néanmoins combattue par le pieux & ſçavant
Pierre Soto. L'auteur des *Notes ſur le Concile
de Trente* nous apprend d'après Fra-Paolo Hiſtorien
de ce Concile, * que cet illuſtre Theologien *ſou-*
tînt que les Prelats eccléſiaſtiques pouvoient ſeparer
les mariés, ou leur permettre le divorce à l'égard
de la cohabitation & de la copule, pour les cauſes
qu'ils jugeroient raiſonnables ; mais qu'ils ne pou-
voient donner atteinte au lien ; en ſorte que ni l'une
ni l'autre des Parties n'a permiſſion de convoler à
un autre mariage ; & que la ſeparation du fidele
d'avec l'infidele, dont il eſt parlé dans Saint Paul, ne
ſe doit même point entendre à l'égard du lien, lequel
eſt indiſſoluble, contre l'opinion communément reçue.

* L. 7. pag.
647. Edition de
1683.

P. 358. & 359.

VI. Si nous examinons à préſent les principes
du ſyſtême d'innovation que Gratien a inventé,
& qui a été copié par Innocent III : nous trouve-
rons que les principes ſont eux-mêmes des erreurs
également condamnées par la Religion & par les
maximes invariables de l'ordre public, de la ſo-
cieté & du droit des gens.

On a dejà remarqué que le ſyſtême de Gratien.
eſt établi dans la ſeconde partie de ſon Decret,

(*a*) Nihil magis penſandum quam ne pecorum ritu ſequamur
antecedentem gregem, pergentes non quà eundum eſt, ſed quà itur.
Nulla res nos majoribus malis implicat, quam quod ad rumorem
componimur, optima ratiea quæ magno aſſenſu recepta ſunt. *Seneca*
L. *de vitâ beatâ. c. 1.*

cauſ. 28 queſt. 1. depuis le canon 3. juſqu'au canon 10 incluſivement, & queſtion 2, canon 2. Mais il faut d'abord écarter le canon 3 de la premiere queſtion, qui ne prouve rien. Il faut écarter de même les canons 4. 5. 6. 8. 9. qui ſont tirés de Saint Auguſtin, & qui ne prouvent rien dans l'eſpece préſente, ou qui ſont directement contraires à Gratien. Il faut pareillement écarter le canon 10 tiré d'un Concile de Tolede, qui défend aux femmes chretiennes de ſe marier avec les Juifs, & d'habiter avec eux. Ce canon, comme on voit, ne prouve encore rien. Il faut enfin écarter le canon 7, qui étant pris à la rigueur, n'annonce pas une rupture du lien, mais une ſimple ſéparation de corps & d'habitation. Reſte donc le ſeul canon 2. de la ſeconde queſtion, où le ſyſtême eſt nettement préſenté. *Si l'infidele ſe retire en haine de la foi chretienne*, dit Gratien, *qu'il ſe retire : car notre frere ou notre ſœur n'eſt pas en pareils cas aſſujeti à la ſervitude, & il ne peche pas aux yeux de Dieu, en contractant un autre mariage.*

L'injure faite au Createur rompt alors le lien du mariage du côté de celui qui eſt abandonné : mais l'infidele qui ſe retire, peche contre Dieu & contre le mariage ; & on n'eſt point obligé de lui garder la foi conjugale, parce qu'il ſe retire pour ne point entendre que Jeſus-Chriſt eſt le Dieu des mariages Chretiens. (a)

(a) Si infidelis diſcedit odio chriſtianæ fidei, diſcedat ; non eſt enim frater aut ſoror ſubjectus ſervituti in hujuſmodi ; non eſt enim dimiſſo peccatum propter Deum, ſi alii ſe copulaverit. Contumelia quippe Creatoris ſolvit jus matrimonii circa eum qui relinquitur. Infidelis autem diſcedens, & in Deum peccat & in matrimonium ; nec eſt ei fides ſervanda conjugii, quia propterea diſcedit ne audiret Chriſtum Deum eſſe Chriſtianorum conjugiorum. Gratien

Gratien attribue fauſſement ce canon à Saint Gregoire. Il eſt tiré d'un Commentaire ſur les Epîtres de Saint Paul, fait par un Diacre nommé Hilaire, de la ſecte des Luciferiens, qui a eu des ſentimens Heterodoxes ſur differens points de Theologie, & qui eſt fort ſuſpect en particulier ſur la matiere du mariage, puiſqu'il permet au mari qui a ſurpris ſa femme en adultere, d'en épouſer une autre, ſans accorder la même liberté à la femme, quand elle a à ſon tour convaincu ſon mari d'adultere. C'eſt dans une pareille ſource que Gratien a puiſé ſon fameux canon, par lequel il dit que la partie fidele ne peche pas aux yeux de Dieu, en contractant un nouveau mariage, pendant que Saint Marc, Saint Luc, & Saint Paul lui-même, diſent expreſſement qu'il commet alors un adultere. Il ajoute que la partie fidele n'eſt pas obligée de garder la foi conjugale à la partie infidele, pendant que Saint Paul défend à la partie fidele de tranſporter cette foi conjugale à un autre mari, pendant la vie du premier : *ſi diſceſſerit manere innuptam*. Il dit enfin que le lien du mariage eſt rompu en ce cas ; & Saint Paul nous enſeigne comme une vérité révélée, qu'il ne peut ſe rompre que par la mort de l'un des conjoints.

Innocent III. dans le 4ᵉ Livre des Decretales, titre 19. adopte le Canon de Gratien, dont on vient de parler ; il approuve les raiſons de la déciſion de ce Canon, & il ajoute pour le fortifier, que le mariage des Infideles n'eſt pas indiſſoluble (*a*). Cap. *Gaudemus.*

Cap *Quantò.*

(*a*) Si matrimonium verum inter infideles exiſtat, non tamen eſt ratum ; inter fideles autem verum & ratum exiſtit.

H

Cette derniere raison qu'Innocent III. a encore
tirée de Gratien, cauf. 28. q. 1. au commencement,
eft une véritable erreur univerfellement abandonnée
aujourd'hui. Auffi le mariage eft-il indiffoluble par
l'inftitution du Créateur, & avant la grace du Sacrement que Jefus-Chrift a inftitué dans fon Eglife
pour le fanctifier. *Le lien qui unit enfemble le mari*
& la femme, eft de fa nature indiffoluble, dit l'Auteur
des Conferences de Paris. Il ajoute dans un autre
endroit, que *les Gentils & les Infideles ont connu par*
les feules lumieres de la raifon, que le mariage étoit
de fa nature indiffoluble ; & ce qui eft fort remar-
quable, c'eft qu'il appuie cette décifion fur Innocent
III. lui-même au chapitre *Gaudemus de Divortiis.*
C'eft d'après ce principe de l'indiffolubilité du
mariage, que S. Auguftin enfeigne, que quand deux
Infideles font mariés dans l'infidelité, on ne diffout
pas leur mariage, après que l'un des deux s'eft
converti. (*a*) Il va même jufqu'à dire qu'il ne connoît
aucune Loi claire, foit dans le Nouveau Teftament,
foit dans les Ecrits des Apôtres, qui défende le
mariage des Chrétiens avec les Infideles, quoique
S. Cyprien le blâme hautement comme une profti-
tution des membres de Jefus-Chrift livrés aux
Payens (*b*).

Tome 1. p. 4.

Ibid. p. 391.

(*a*) Ideo nec juberi debuerunt fideles ab infidelibus feparari, quia
non contra juffionem Domini gentes fuerant ambo conjuncti. *L. 1.*
de conjug. adult. n. 20.

(*b*) Non enim tempore revelati Teftamenti novi, in Evangelio
vel ullis apoftolicis litteris fine ambiguitate declaratum effe recolo,
utrùm Dominus prohibuerit fideles infidelibus jungi. Quamvis bea-
tiffimus Cyprianus non dubitet, nec in levibus peccatis conftituat
jungere cùm infidelibus vinculum matrimonii, atque id effe dicat
proftituere gentilibus membra Chrifti. *Ibid. n.* 31.

Innocent III. n'a donc ajouté qu'une erreur de plus au Canon de Gratien, qu'il a adopté. Mais il est encore aisé de renverser le système de Gratien & d'Innocent III. par Gratien & par Innocent III. eux-mêmes. Il n'y a pour cela, qu'à leur opposer une maxime du Droit Canonique qu'ils rapportent l'un & l'autre, & qu'ils paroissent respecter.

Si quelqu'un, dit Gratien, *a eu avant son Baptême une personne libre de tout engagement, il ne pourra depuis son Baptême, en épouser une autre, du vivant de cette première femme ; parce que le Baptême efface les péchés, mais ne dissout par les mariages* (a). Ce Canon est tiré du Concile de Meaux en 845. Innocent III. adopte le même principe, au chapitre *Gaudemus. Le Baptême*, dit-il, *purifie & remet les péchés ; mais il ne rompt pas les mariages* (b). D'après ce principe, le Baptême de Lévi n'a pas rompu son mariage avec Mandel Cerf. Il est donc non-recevable à demander à en épouser une autre *de son vivant.*

Dira-t'on pour étayer la demande de Lévi, que le mariage non consommé peut se dissoudre par l'entrée d'un des deux conjoints en Religion, & que le Concile de Trente l'a décidé, Sess. 24. Can. 6 ? Mais outre que Lévi n'est pas dans l'espèce de ce Canon, il suffit de lire ce qu'en a dit l'Auteur du nouveau Traité sur le Mariage, donné au Public en

---

(a) Si quis habuerit uxorem virginem (*id est liberam à vinculo matrimonii*) ante baptismum, vivente illâ post baptismum alteram habere non potest ; crimina enim in baptismo solvuntur, non conjugia. *Causf. 28. q. 2. can. 1.*

(b) Cum per Sacramentum baptismi non solvantur conjugia, sed crimina dimittantur. *cap.* gaudemus, *extrà de divort.*

1753. pour se convaincre que Levi n'en peut tirer aucun avantage. On renvoye donc à cet Ouvrage, *page 457. & suivantes*; on se contentera d'observer ici, que ce Canon paroît renfermer une contradiction manifeste dans les termes. Le mariage qu'il dissout, est *ratum*, c'est-à-dire, indissoluble. Comment donc est-il possible de le dissoudre ? Il n'est pas à la verité consommé. Mais il est de principe indubitable, que l'indissolubilité du mariage ne dépend pas de sa consommation : *Matrimonium non concubitus, sed consensus facit* : c'est le consentement des Parties qui fait le mariage, & non leur union charnelle & corporelle.

VII. Quelque ruineux que soient les fondemens du systême de Gratien & d'Innocent III ; leur nom l'a mis en faveur, & les Theologiens ayant à leur suite les Canonistes, l'ont embrassé par ignorance & par prévention. Estius est celui des nouveaux Theologiens, qui le défend avec le plus d'art ; mais ses raisons sont si foibles, qu'elles ne meritent pas de réponse. Il convient que S. Augustin est d'un sentiment contraire ; mais il prétend écarter son autorité, parce que ce Pere a déclaré que la question est très-difficile & très-obscure. Illusion ! S. Augustin n'a jamais trouvé de difficulté que dans la maniere d'expliquer le texte de S. Matthieu d'une maniere conforme à ceux de S. Marc & de S. Luc sur l'adultere. Mais il n'a jamais hesité pour prononcer que l'infidelité d'un des conjoints ne sçauroit dissoudre un mariage légitimement contracté dans l'infidelité par l'un & l'autre conjoint. Cette derniere espece est celle de Lévi, & S. Augustin ne l'a jamais trouvée obscure.

Estius convient encore que le mariage est de sa

nature indiſſoluble : *Matrimonium eſſe ſuaptè na-*
turâ indiſſolubile. Mais il ſoutient malgré cet aveu,
que l'infidelité peut rompre le mariage ; & il tâche
de le prouver par le raiſonnement qui ſuit : La Loi
poſitive, dit-il, ajoute toujours quelque choſe à la
Loi naturelle, parce qu'elle ordonne ou défend d'une
maniere plus nette & plus énergique. Cette Loi
poſitive n'eſt pas connue des Infideles, parce qu'elle
ne leur a jamais été annoncée. Par conſéquent le mariage des Chretiens qui connoiſſent cette Loi poſitive, peut avoir plus de ſtabilité que celui des Infideles qui ne la connoiſſent pas. D'où il faut conclure
que le mariage pourroit être indiſſoluble dans le
Chriſtianiſme, ſans qu'ille fût, au moins également,
dans l'infidelité.

Mais on concluera à ſon tour de ce raiſonnement,
que le mariage de Lévi eſt indiſſoluble par une
double Loi ; par la Loi naturelle & par la Loi poſitive du Chriſtianiſme qu'il connoît, puiſqu'il eſt
Chrétien. Ainſi par le principe même d'Eſtius, Lévi
eſt doublement non-recevable à demander aujour-
d'hui la diſſolution de ſon mariage avec Mandel-
Cerf.

Il faut que l'innovation faite par Gratien & par
Innocent III. ſoit bien inſoutenable, puiſqu'Eſtius
la défend ſi mal, malgré la force de ſon génie,
l'étendue de ſon érudition, & la profondeur de ſes
connoiſſances théologiques. Bien plus, les Théologiens & les Canoniſtes qui l'ont embraſſé en foule,
ſemblent avoir affecté de le détruire abſolument, en
le pouſſant beaucoup plus loin que ne l'ont fait ceux
qui l'ont inventé, & en y ajoutant des aſſertions
formellement condamnées par Gratien même & par
Innocent III.

In 4. diſt. 33.
S. 7, 8, 9.

Ibid. diſt. 39.
S. 7.

Gratien nous dit dans l'explication qu'il donne au Canon *si infidelis*, qu'on peut bien renvoyer la Partie infidele, dans le cas même où elle consentiroit à demeurer avec son mari chrétien, mais que celui-ci ne peut alors se remarier pendant la vie de la Partie infidele (*a*). Il va même jusqu'à dire que si en ce cas il contracte un nouveau mariage, il se rend coupable d'adultere (*b*). Innocent III établit la même doctrine au chap. *gaudemus*. Il dit encore au même endroit, c'est-à-dire, à la fin du même chapitre *gaudemus*, que si la femme qui a quitté son mari, parce qu'il s'est fait chrétien, embrasse à son tour la Religion Catholique avant qu'il se soit remarié à une autre, il sera obligé de la reprendre (*c*).

2. q. 2.

Dissert. 10. q. 4. ch. 2. art. 1.

Nos Théologiens & nos Canonistes rejettent ces différentes restrictions; les uns, comme Juenin dans son Traité du mariage, décident que la Partie fidele peut valídement contracter un second mariage, quand même la Partie infidele consentiroit à demeurer avec celle qui est chrétienne. Décision fausse & scandaleuse, formellement contredite par St. Paul, dans le septiéme chapitre de sa premiere Epitre aux Corinthiens.

De matrimonio sect. 14.

Les autres, comme Florent de Cocq, Theologien de Louvain, dit que la Partie fidele peut quitter la Partie infidele, quoique celle-ci consente à la co-habitation, quand on sera moralement sûr que

---

(*a*) Volentem cohabitare licet quidem dimittere, sed non eâ vivente aliam superducere. *In canonem si infidelis.*

(*b*) Si volentes cohabitare dimittitis, & aliis vos copulaveritis, adulteri eritis. *Causa 28. initio quæstionis. 2.*

(*c*) Si conversum ad fidem, & illa conversa sequatur antequam legitimam ille ducat uxorem, eam recipere compelletur. *In fin capitis* gaudemus.

Innocent. III.

l'infidele ne voudra pas se convertir ; autre décision également contraire à S. Paul qui ne parle pas de conversion, mais seulement de cohabitation. *Si consentit habitare cum illo, non dimittat eam.*

St. Thomas, le Cardinal de la Palus, Durand, Estius, & autres soutiennent que le mariage contracté dans l'infidélité, subsiste pendant tout le tems que le Néophite ne s'est pas engagé par d'autres liens ; ce qui paroît manifestement absurde ; car pour pouvoir validement former un nouvel engagement, il faut préalablement être libre du premier.

Quelques Canonistes cités par Estius, pensent que le mariage contracté dans l'infidélité, est rompu de plein droit, dès que la Partie infidele a refusé de suivre celle qui est devenue chrétienne. In 4. dist. 39. §. 7.

Enfin Gibert dit dans le second Tome de ses Consutations canoniques sur le mariage (consult. 57) que si la Partie infidele ne veut pas se convertir ; consentiroit-elle d'ailleurs de cohabiter, le Néophite peut sans aucun scrupule, contracter un autre mariage. Cette décision, quoique condamnée par Gratien, par Innocent III, & par St. Paul lui même, est néanmoins suivie dans la Pratique à Rome, & dans plusieurs Diocèses d'Allemagne. Voilà le fort des sistêmes qui sont le fruit de l'opinion & du caprice. Il suffit ordinairement de les opposer les uns aux autres, pour les renverser successivement l'un par l'autre.

L'opinion de Gratien, quelque peu fondée qu'elle soit, s'est répandue avec rapidité, par l'habitude qu'ont les Théologiens & les Canonistes de se copier aveuglément les uns les autres. C'est un reproche qu'on leur a fait souvent ; & M. Gerbais Docteur de Sorbonne, le fait en particulier, dans son

Traité du pouvoir de l'Eglife & des Princes fur les empêchemens dirimans le mariage. Galefius Evêque d'Italie, a foutenu que le pouvoir d'appofer des empêchemens dirimans au mariage, appartient exclu-fivement à l'Eglife. M. Gerbais nous apprend que ce *fentiment, tout extrême qu'il eft, a beaucoup de parti-fans parmi les Canoniftes & les Théologiens modernes, qui femblent fe copier à l'envi dans cette efpéce, comme ils font dans beaucoup d'autres.* Ils l'ont tous fait dans l'efpéce qui concerne Lévi. Le Pape qui gouverne aujourd'hui l'Eglife, diftrait fur la vafte étendue de fes propres lumieres, a fuivi la multitude lorfqu'il écrivoit comme Docteur particulier avant fon Ponti-ficat. L'erreur s'eft gliffée dans le Rituel de Soiffons. M. l'Evêque de Soiffons, l'ornement & la gloire des Evêques de France, l'a reconnue depuis, & il veut aujourd'hui qu'on la regarde comme non écrite dans fon Rituel qui n'a point été enregiftré en la Cour, qui par conféquent n'y a acquis au-cune autorité, & dont au furplus le Miniftère public peut, en tant que de befoin, fe rendre appellant comme d'abus, quant à ce qui regarde le mariage des Néophites qui font dans le cas de Lévi.

Si on veut fe convaincre par fes yeux, que les Théologiens & les Canoniftes fe font copiés aveu-glément dans l'efpéce préfente, on n'a qu'à fe don-ner la peine de lire tous ceux qui ont écrit depuis Gratien & Innocent III, & on verra comme d'au-tres qui en ont fait d'épreuve, l'ont déjà vû : que tous, fans en excepter un feul, fe fondent fur l'au-torité de Gratien & d'Innocent III. C'eft en par-ticulier ce qu'on verra dans l'Auteur des Conferences de Paris fur le mariage ; dans d'Hericourt, Rouſſeau de Lacombe , & dans Van-Eſpen. Il eſt vrai que quelques uns ont eſſayé de s'appuyer en outre ſur quelques textes de Peres de l'Egliſe. Van-Eſpen dit par exemple , dans ſon Analyſe du Dé-cret de Gratien , que la diſcipline actuelle de l'E-gliſe , fur le mariage des Néophites , eſt fondée fur des *textes clairs* de St. Auguſtin dans ſes deux Li-vres *de adulterinis conjugiis* , pendant que St. Au-guſtin prouve *ex profeſſo* dans ces deux Livres, que ces ſortes de mariages ſont de veritables adulteres condamnés dans l'Evangile, & par S. Paul lui-même. Dans une Theſe ſoutenue en Sorbonne , le lundi 19 de ce mois, & dont la poſition fut lue le len-demain à l'Audience par un des Défenſeurs de Lévi , on appuye la Diſcipline préſente fur l'autorité de S. Chriſoſtome , de S. Jerôme & de S. Auguſtin; mais S. Jerôme & S. Auguſtin y ſont formellement oppoſés, & S. Chriſoſtome ne prouve rien en faveur de Levi , non plus que S. Ambroiſe dans ſon Com-mentaire fur S. Luc , qui décide une eſpéce toute differente. Il en eſt de même de toutes les autorités qu'entaſſent les Défenſeurs de Lévi , pour faire illu-ſion ; ils citent un Concile du Mexique qui n'a jamais été reçu en France , qu'on ne peut citer par conſéquent que comme on citeroit des Théologiens particuliers , & qui au fond s'eſt décidé par l'uſage, & non par un mûr examen qu'il ait fait de la ma-tiere.

Ainſi toute cette multitude de Théologiens & de Canoniſtes, dont on ne manquera pas de remplir un grand Mémoire , ſe réduit en derniere analyſe à l'autorité d'Innocent III ; celle d'Innocent III ſe

I

réduit elle-même à celle de Gratien qu'il a copié.
Tout le monde fçait que Gratien n'a aucune autorité
par lui-même : tout fe reduit donc au merite du Canon *fi infidelis*, rapporté par Gratien, & qui renferme trois herefies condamnées par St. Mathieu, par
S. Marc, S. Luc, S. Paul lui-même, & par S. Auguftin dans fes Livres *de conjugiis adulterinis*, dans
lefquels il donne à S. Paul un fens different de
celui que lui donne Gratien.

Si quelqu'un regardoit comme impoffible que
tant de perfonnes fe fuffent trompées dans l'interprétation d'un paffage de St. Paul, il feroit aifé de
leur préfenter un autre texte du même Apôtre, fur
la matiere du mariage, qu'ils ont certainement pris
dans un fens contraire à la penfée de l'Apôtre, &
à la liaifon des fes raifonnemens : c'eft le verfet 32
du 5.ᵉ Chapitre de l'Epitre aux Ephefiens, où St.
Paul dit, *ce Sacrement eft grand, je dis en Jefus-
Chrift & en l'Eglife*, SACRAMENTUM *hoc magnum
eft, ego autem dico, in Chrifto & in Ecclefiâ*. Le
texte Grec porte, *Myfterium hoc magnum eft*, c'eft-
à-dire, *ce Myftere eft grand* ; mais on a lu dans la
Vulgate, *Sacramentum*. Il n'en a pas fallu davantage
aux Théologiens & aux Canoniftes, pour dire que
felon S. Paul, le mariage eft un Sacrement de la
Loi nouvelle, inftitué par Jefus-Chrift. Cette fauffe
interprétation du paffage de S. Paul, a été inferée
dans prefque tous les Rituels de l'Eglife Latine,
& dans un grand nombre de Cathéchifmes, comme on y a mis la fauffe interpretation du paffage
fi difcedit, difcedat, « s'il fe fépare, qu'il fe
» fépare » ; mais Eftius a prouvé par une tradition des
dix premiers fiécles de l'Eglife, que le texte, *ce*

In 4. dift. 26.
5. 5. & in Pau-
lum.

Sacrement eſt grand, ne prouve pas que le mariage ſoit un Sacrement de la Loi nouvelle, inſtitué par Jeſus-Chriſt. L'Auteur du Traité ſur le mariage l'a fait après lui; & la fauſſe interpretation du texte de St. Paul, *Sacramentum hoc magnum eſt*, eſt généralement abandonnée aujourd'hui. Il en ſera bientôt de même de celle qu'on a donnée au 15ᵉ Verſet du Chapitre 7 de la premiere Epître du même Apôtre aux Fideles de Corinthe. Dès aujourd'hui les plus célébres Théologiens de Paris ſont décidés contre Lévi : on ſçait même qu'il a été conſulter l'un d'entr'eux, qui lui a dit qu'il devoit perdre ſa cauſe au Parlement, parce qu'il ne pouvoit rien produire de ſolide, qui fût capable de l'appuyer. On ſçait encore qu'il y a des Evêques en France, qui ſont entierement décidés pour la Sentence de l'Official de Soiſſons.

P. 471. & ſuiv.

On abandonne donc déjà le préjugé dominant, comme on en a abandonné bien d'autres que nous rougirions de défendre aujourd'hui. Le divorce a été autoriſé ſous la premiere & la ſeconde race de nos Rois, comme le remarque l'Auteur des Conferences de Paris ſur le mariage. Oſeroit-on le ſoutenir aujourd'hui? Alexandre III. nous apprend que c'étoit autrefois l'uſage univerſel de l'Egliſe Gallicane, de rompre les mariages pour cauſe de maléfice : *propter maleficia legitimè conjunctos dividere.* Quand un mari étoit long-tems abſent, ou en captivité, on permettoit à ſa femme d'en épouſer un autre. Quand une fille fiancée à quelqu'un, en étoit connue charnellement avant ſon mariage, ce crime formoit un mariage préſumé qui prévaloit à celui que le

Tom. 1. p. 407.

Traité ſur le mariage, p. 378.

fiancé contractoit enfuite avec une autre. Le premier fubfiftoit , & l'autre étoit annullé.

- « C'étoit encore un mariage préfumé, *dit Brodeau*
» *fur Louet*, quand un homme avoit pris une fille

Verbo *mariage.* » pour fa femme, & la tenoit comme telle, & qu'en-
» fuite il avoit fa connoiffance charnelle , encore
» qu'au commencement la fille n'y eût pas confenti ;
» parce que par la cohabitation on préfumoit le
» confentement tacite au mariage. C'eft la décifion
» du Chap. 21. *extrà de fponfalibus* . . . . . & ces
» mariages étoient fi bien préfumés en Droit Canon,
» qu'on n'admettoit point de preuve au contraire.
» *Chap. 21 de fponfal. & aliis.* »

Nous rougiffons aujourd'hui de ces erreurs de
nos Peres ; nous rougirons auffi dans peu d'avoir
cru voir dans S. Paul un prétendu privilége qu'il
combat dans le Chapitre même où on s'imagine
l'appercevoir ; & que S. Auguftin, le Maître de
tous les Docteurs qui l'ont fuivi, n'y a jamais vu,
quoiqu'il examine *ex profeffo* l'efpece dans laquelle
fe trouve Lévi. Les Theologiens Scholaftiques,
quelque grand que foit leur nombre , n'ont pas
d'autorité par eux-mêmes ; mais feulement par la
folidité de leurs raifons. C'eft une maxime établie
par un des plus celebres d'entr'eux, & qui eft,
felon lui, fi évidente, qu'elle n'a pas befoin d'être
prouvée, parce qu'on ne s'amufe pas à prouver l'é-
vidence (*a*).

_____

(*a*) Theologorum Scholafticorum etiam multorum teftimonium ,
fi alii contrà pugnant Viri docti , non plus valet ad faciendam fidem
quàm vel ratio ipforum , vel gravior etiam autoritas comprobârit.
Videlicet in fcholaftica difputatione plurium autoritas obruere Theo-
logum non debet ; fed fi paucos viros modò graves fecum habet ,

S. Auguſtin au contraire, a une ſi grande autorité dans l'Egliſe, qu'on ne peut gueres s'écarter
de ſa Doctrine, ſans tomber dans l'erreur. « Tous
» les Docteurs qui ſont venus après S. Auguſtin,
» *dit S. Vincent Ferrier*, s'appuient ſur ſa Doctrine
» qui eſt ſainte, pure, ſans tache, comme un or
» éprouvé, ſans aucun mêlange d'erreur. Dieu l'a
» placé entre les autres Docteurs, comme un ſoleil
» entre les étoiles, puiſque, comme les étoiles re-
» çoivent du ſoleil ce qu'elles ont de lumiere ;
» ainſi tous les Docteurs empruntent leur lumiere
» de S. Auguſtin, en ſorte qu'après S. Paul, il n'y
» a aucun des Saints Peres qu'on doive préferer
» pour la Doctrine de la Foi, à S. Auguſtin qui
» eſt comme un autre Ange à cet égard, ſa Doc-
» trine étant très-conforme à la vérité des Saintes
» Ecritures ; car ce qu'elles ont de ſecrets & de
» myſteres les plus cachés, nul Docteur ne les a
» ni recherchés avec plus de ſoin, ni examinés
» avec plus de circonſpection ; nul n'en a mieux
» découvert la verité, nul ne les a expliqués
» de meilleure foi, ni demelés avec plus de lu-
» miere, ni conſervés avec plus de fidélité, ni de-
» fendus avec plus de force, ni répandus par-tout
» avec plus d'abondance. Plein de l'eſprit des Pro-
» phêtes & des Apôtres, ce qu'ils ont avancé de
» myſteres les plus obſcurs & les plus impenétra-
» bles, il nous en a donné une claire intelligence ;

Saint Remi d'Auxerre.

Hugues de S. Victor.

---

poterit ſanè adverſùs plurimos ſtare ; non enim numero hæc judi-
cantur, ſed pondere. Hanc verò concluſionem probare argumentis
non debeo ; nam ſi quid eſt evidens ; de quo inter omnes conveniat,
argumentari non ſoleo ; perſpicuitas enim, ut ait Cicero, argumen-
tatione elevatur. *Melchior Canus, loc. Theolog. l. 8. cap. 5.*

» & après eux, il est comme une lumiere éclatante
» qui tient le premier rang dans la grace de dis-
» penser les trésors de la Parole de Dieu. Quiconque
» veut s'expliquer avec le goût & l'onction de la
» grace, des verités qui concernent J. C. la Foi,
» la Religion ; c'est de S. Augustin qu'il doit em-
» prunter les paroles, étant difficile de bien entrer
» dans l'intelligence de presque aucune des ve-
» rités de l'Ecriture Sainte, si on ne l'a pour guide,
» *& de les bien expliquer qu'en suivant l'explication*
» *qu'il en a donnée.* On peut même dire en un sens,
» que S. Augustin est le premier qui a commencé
» à bien expliquer & à bien mettre en évidence
» les verités catholiques, à les bien digerer, éclair-
» cir, démêler, & à les mettre dans un ordre mé-
» thodique, en marquant précisément ce qu'on doit
» croire dans chaque mystere de la Foi ; ce qu'on
» doit répondre aux objections qu'on y oppose, com-
» ment on s'y doit prendre pour tirer de l'Ecriture
» de quoi les appuyer. Enfin, si nous avons main-
» tenant l'avantage de nous expliquer clairement &
» nettement sur les verités de la Foi, je ne m'en ca-
» che point, je le dis hardiment, c'est à S. Au-
» gustin que nous en avons l'obligation (*a*). »

S. Augustin est donc après S. Paul, le plus grand
Docteur de l'Eglise universelle ; les Théologiens
Scholastiques & Canonistes ne sont vis-à-vis de
lui, que comme une goutte d'eau comparée à là
vaste étendue de la mer: Son autorité doit effacer

Martin V.

S. Thomas de
Villeneuve.

_____

(*a*) Cet éloge de S. Augustin, composé des paroles mêmes des
Saints qui sont venus après lui, est tiré d'un ouvrage intitulé *Prieres
& Instructions chrétiennes*, imprimé à Paris chez Josset en 1723. part.
2. p. 120 & 121.

toutes leurs opinions ; & quand, dans une matiere dogmatique, ils auront prononcé d'une maniere, & S. Auguſtin d'une autre, il faudra regarder la déciſion des Scholaſtiques comme une erreur, & celle de S. Auguſtin comme une verité qu'il aura puiſée dans l'Evangile & dans S. Paul, ſi dans le fait il l'appuie ſur l'Evangile & ſur S. Paul. Or, dans l'eſpece préſente, dans le cas même où ſe trouve Lévi, S. Auguſtin qui a traité la queſtion *ex profeſſo*, décide par l'Evangile & par S. Paul, que Lévi ne peut contracter un nouveau mariage du vivant de Mandel Cerf, ſans ſe rendre coupable d'adultere ; par conſequent ſon autorité doit effacer celle de tous nos Theologiens & Canoniſtes. Il nous dit clairement qu'ils ſont tous dans l'erreur, & il declare anathême à la Sentence de l'Officialité de Straſbourg., qui a degagé Lévi de ſon mariage avec Mandel Cerf. Il prononce que le mariage qu'il veut contracter avec Anne Thévart, n'eſt pas un mariage, mais un adultere : *non conjugia, ſed adulteria*. Il nous annonce que les nouveaux Docteurs ſe ſont égarés dans l'explication du 7e. chap. de la 1re. Epitre de S. Paul aux Corinthiens, & que le Défenſeur de Lévi, qui adopte cette explication dans ſon Mémoire, s'égare avec eux. Il déclare indiſſoluble dans tous les cas, le mariage de Lévi avec Mandel Cerf; d'où il faut conclure que S. Auguſtin ne fait pas dépendre l'indiſſolubilité du mariage, de l'impreſſion du Sacrement que J. C. n'a établi que pour benir & ſanctifier le mariage; erreur en effet auſſi éloignée de la penſée de S. Auguſtin, que le Ciel eſt elevé au-deſſus de la Terre. On fait cependant des efforts

dans le Memoire de Lévi, pour attribuer cette
opinion à S. Auguftin, pour répandre des nuages
fur fa Doctrine, & pour pouvoir dire *dividatur*,
c'eft-à-dire, *qu'il ne foit ni à vous ni à moi*. Mais
S. Auguftin eft trop clair, pour qu'on puiffe l'ob-
fcurcir : il dit expreffément que Levi ne peut fe
marier à Anne Thévart, fans commettre un adultere. Il le dit d'aprés l'Evangile & d'après S. Paul
lui-même. Il faut le croire, adopter fa Doctrine,
& profcrire la difcipline moderne qui paroit contraire à fa décifion.

Qu'oppofe-t-on en effet à ce que dit cet
illuftre Docteur ? Une multitude de Theologiens
& de Canoniftes? Non, mais un feul homme. Eft-
ce Innocent III ? Non, c'eft Gatien, ou plutôt
un Canon commençant par ces mots : *Si infidelis*.
Mais ce Canon lui-même en eft-il un? Non. C'eft
un texte tiré d'un Commentaire fait fur S. Paul,
par un homme obfcur, par un Schifmatique, un
Luciferien, par un homme enfin convaincu de
plufieurs erreurs Theologiques fur la matiere même du mariage. Ofera-t-on foutenir à l'avenir une
difcipline, ou plutôt un abus qui ne s'eft introduit
que fur un pareil fondement; & S. Auguftin fe-
ra-t-il forcé de plier fous l'autorité du Diacre Hilaire, quoique ce Saint appuie fa doctrine fur
l'Evangile, & fur S. Paul lui-même?

Il eft raifonnable de conferver un ufage indif-
férent en lui-même, quand il fe trouve autorifé
par la révolution d'un grand nombre d'années. Mais
quand une difcipline met des exceptions à un dogme révelé, auquel l'Evangile n'en a jamais mis
aucune, alors la difcipline n'eft point une difcipline,

pline, mais un abus, qui, suivant une maxime du Droit Canonique, ne peut par quelque laps de tems que ce soit, acquerir la prescription en sa faveur. Le Roi comme Protecteur de la pureté de la discipline, & encore plus des dogmes qui sont crus universellement dans son Royaume, peut s'élever contre. Ses Parlemens qui exercent son autorité, le peuvent & même le doivent faire, l'ont fait dans un grand nombre d'occasions, & & le font encore tous les jours. Ainsi le Ministere public a incontestablement le droit d'interjetter incidemment appel comme d'abus, de la Sentence rendue par l'Official de Strasbourg, en faveur de Lévi.

En effet, une discipline est un reglement, une sanction, ou autrement une loi Ecclesiastique. Or de l'aveu de tous les Theologiens & Canonistes, les Loix doivent avoir plusieurs caracteres essentiels, dont le premier est d'être *justes & honnêtes* ; c'est-à-dire, qu'elles ne doivent rien renfermer de contraire à la loi divine. Or l'Evangile & saint Paul expliqués par saint Augustin dans les deux Livres *de conjugiis adulterinis*, décident qu'un Néophite légitimement marié avant son Baptême, ne peut se remarier depuis son Baptême, pendant la vie de sa femme quoiqu'infidelle. Par conséquent le reglement inseré dans plusieurs Rituels, par rapport à ces sortes de mariages, est contraire à la Loi divine, & à la pureté des Canons mêmes que Gratien & Innocent III ont adopté par un aveuglement presqu'incompréhensible, & qui décident clairement le contraire, sur le fondement inébranlable que le Baptême remet

S. Thomas, 1. 2. Q. 95. Art. 3.

K

bien les pechés, mais ne diffout pas les mariages : *Baptifmo folvuntur peccata, non conjugia.*
Cette difcipline effentiellement abufive, introduit
donc dans la Loi Evangelique, la polygamie qui
n'étoit permife que dans la Loi ancienne ; & cette
diverfité d'ufage vient du caractere different de
l'une & l'autre Loi, comme l'a très-bien remarqué S. Auguftin. Car, felon ce Pere, il y avoit
des raifons économiques qui dans l'ancienne Loi
permettoient à un mari d'avoir plufieurs femmes
à la fois. Mais la Loi nouvelle lui défend cette
pluralité par des raifons économiques d'un autre
genre. (*a*)

Envain objecteroit-on qu'il ne s'agit point ici
d'autorifer la polygamie, puifqu'on fuppofe que
le premier mariage contracté dans l'infidélité, eft
rompu. Car S. Auguftin décide d'après l'Evangile, & d'après S. Paul lui-même, qu'il ne l'eft

---

(*a*) Erat tunc quædam propagandi neceffitas, quæ nunc non eft ;
quoniam *tempus amplectendi*, ficut fcriptum eft, quod utique tunc
fuit ; & *tempus continendi ab amplexu*, quod nunc eft. *S. Aug. L. 2.
de conjug. adult. n. 12.*

Quoniam ex multis animis una civitas futura eft habentium ani-
mam unam & cor unum in Deum ; . . . propterea Sacramentum
nuptiarum temporis noftri fic ad unum virum & unam uxorem
redactum eft, ut Ecclefiæ Difpenfatorem non liceat ordinare, nifi
unius uxoris virum. . . . Ac per hoc ficut plures uxores antiquo-
rum Patrum fignificaverunt futuras noftras ex omnibus gentibus Ec-
clefias uni viro fubditas Chrifto ; ita nofter Antiftes unius uxoris vir
fignificat ex omnibus gentibus unitatem uni viro fubditam Chrifto. . . . Sicut ergo Sacramentum pluralium nuptiarum illius temporis fignificavit futuram multitudinem Deo fubjectam in terrenis
omnibus gentibus ; fic Sacramentum nuptiarum fingularum noftr
temporis fignificat unitatem omnium noftrûm fubjectam Deo futuram in unâ cœlefti civitate. *Idem, L. de bono conjug. n. 21.*

pas ; parce que l'Evangile ne condamne pas moins le divorce que la polygamie.

VIII. Levi ne se sentant pas appuyé par la force des raisons, a recours à la commisération de ses Juges, & il tâche de les toucher en leur disant qu'il est trop foible pour garder la continence, & qu'il vaut mieux se marier que de brûler.

Mais S. Augustin lui répond ce qu'il nous apprend dans ses Confessions, avoir été dit à lui-même par la chasteté : Pourquoi ne pourrez-vous pas ce que peuvent tant d'autres d'un sexe plus foible que vous ? *Quare non poteris quod isti & istæ ?* Les femmes Syriennes, par exemple, pour en omettre un grand nombre d'autres, épousent fort jeunes des maris qui les quittent presqu'aussi-tôt, pour aller faire le commerce dans des pays éloignés, dont ils ne reviennent souvent que quand leurs femmes sont parvenues à la vieillesse. Ces femmes gardent pendant tout ce tems la continence, malgré la foiblesse de leur sexe. Comment donc seroit-elle au dessus de la force des hommes, dit S. Augustin *(a)* ? Les Ministres de l'Eglise, qu'on enleve souvent malgré eux, pour les élever au Sacerdoce, sont obligés de garder la continence toute leur vie, quelque vi-

---

(a) Fervorem juventutis plurimæ pudicissimè transigunt, & maximè Syræ, quarum mariti negotiandi quæstibus occupati, juvenes adolescentulas deserunt, & vix aliquando senes ad aniculas revertuntur.... Si hoc non posset infirmitas hominum, multò minùs id posset sexus infirmior fœminarum. *S. Aug. L. 2. de conjugiis adult. n. 21.*

vacité qu'ils éprouvent dans leur temperament (*a*). Enfin une longue maladie, une longue captivité obligent souvent les deux époux à garder la continence (*b*).

Le don inestimable de la foi a mis Levi dans la nécessité de garder la continence au moins jusqu'à la mort de sa femme. Qu'il se fasse un merite de ce qui est devenu pour lui un devoir indispensable. Qu'il ne dise pas comme les Apôtres, *si telle est la condition de l'homme avec sa femme, il n'est pas expédient de se marier:* car J. C. ne répond à une pareille plainte, que par l'éloge de la continence; & S. Augustin ne lui tient pas un autre langage. Mais *que le joug de la continence ne l'effraye pas. Il sera léger, s'il sçait le rendre le joug de JESUS-CHRIST même; & il le deviendra infailliblement, si ce Neophite est animé d'une foi vive qui obtient de Dieu les vertus qu'il nous commande de pratiquer.* (*c*) Ces belles paroles de S. Augustin prouvent clairement, qu'il

Matth. 19. 10.

L. 2.ª de conjug. adult. n. 19.

(*a*) Solemus eis proponere etiam continentiam Clericorum, qui plerùmque ad eamdem farcinam subeundam capiuntur inviti, camque susceptam usque ad debitum finem, Domino adjuvante, perducunt. *Ibid. n.* 22.

(*b*) Quid si aliquo diuturno & insanabili morbo corporis teneatur conjunx, quo concubitus impediatur? Quid si captivitas, vel vis aliqua separet, ita ut sciat vivere maritus uxorem cujus sibi copia denegatur; censesne admittenda incontinentium murmura, & permittenda adulteria? *Ibid. n.* 9.

(*c*) Non terreat farcina continentiæ: levis erit, si Christi erit; Christi erit, si fides aderit, quæ impetrat à jubente quod jusserit. *Ibid. n.* 20.

ne penfe pas qu'un Neophite marié dans l'infidélité, a acquis par fon Baptême le droit d'é-
poufer une feconde femme, pendant la vie de la
premiere; car autrement il auroit été fort inutile
de l'exhorter d'une maniere fi touchante à garder
la continence. Ainfi, dans la penfée de S. Auguftin, Levi ne pourroit époufer aujourd'hui Anne
Thévart, fans être par-là même convaincu d'avoir
deux femmes à la fois ; ce qui eft féverement puni dans le Royaume, comme le remarque l'Auteur des Conférences de Paris fur le mariage.

Tom. 3. p. 42.

IX. On fent deja par-tout ce qu'on a dit jufqu'ici,
quel doit être le fort de l'appel comme d'abus, interjetté par Levi de la feconde Sentence de l'Officialité de Soiffons. Mais avant d'en parler d'une
maniere plus circonftanciée, il eft bon de diffiper
en peu de mots une illufion qui pourroit s'être gliffée dans l'efprit de quelques perfonnes, relativement à la competence du Parlement, pour juger le
fond de la conteftation dont Levi a faifi la Cour par
un appel comme d'abus. Il s'agit, dira-t-on, d'un
dogme vrai ou fuppofé, qu'on dit avoir été enfei-
gné par S. Paul dans le feptiéme Chapitre de fa
prémiere Epître aux Corinthiens. Il s'agit d'une
exception à la generalité d'un autre dogme fur l'indiffolubilité du mariage. Il s'agit de fçavoir fi les
Néophites ont le droit de renvoyer leurs femmes infideles pour en époufer qui foient Catholiques. Or
les Parlemens, & en general les Puiffances Sécu-
lieres, ne peuvent pas décider des dogmes. Il fem-
ble par confequent que le Parlement foit incompé-
tent dans l'efpece préfente.

On fent que cette difficulté ne touche pas la

cŏmpetence fur l'appel comme d'abus ; car le Parlement eſt très-competent pour prononcer ſur tout appel comme d'abus. Levi reproche à l'Official de Soiſſons d'avoir contrevenu à une Loi de l'Egliſe & de l'Etat, en le déclarant définitivement non-recevable dans ſa demande à contraĉter mariage avec Anne Thévart. Or tous les appels comme d'abus, de quelque eſpece qu'ils ſoient, ſoit en matiere temporelle, ſoit en matiere ſpirituelle, reſſortiſſent aux Parlemens. En un mot, chaque Parlement du Royaume connoît par appel, comme d'abus de tout ce qui eſt fait par la Puiſſance Eccleſiaſtique dans l'étendue de ſon reſſort. Ainſi non-ſeulement le Parlement n'eſt pas incompetent pour prononcer ſur l'appel comme d'abus interjetté par Levi, mais même il eſt ſeul competent pour prononcer ſur cet appel. Au reſte, le Parlement pourroit prononcer qu'il n'y a abus, dans le cas même où l'Official de Soiſſons auroit mal jugé au fond, comme le Conſeil déclare tous les jours non admiſſible une Requête en caſſation d'Arrêt, quand le demandeur en Requête ne peut reprocher à l'Arrêt qu'un mal jugé. Le Parlement en diſant qu'il n'y a abus, ne fermeroit point par cela même à Levi la voye de l'appel ſimple pardevant l'Official Metropolitain ; mais après avoir dit qu'il n'y a abus, ne pourroit-il pas, en faiſant droit ſur des concluſions priſes par le Miniſtere public, défendre à Levi de ſe marier avant la mort de Mandel-Cerf, & anéantir ainſi, au moins indireĉtement, l'appel ſimple pardevant le Metropolitain ? C'eſt ſur quoi le Conſeil ſouſſigné s'expliquera, quand il aura examiné le mérite de l'appel comme d'abus ; & la difficulté qui vient d'être proposée, pourra meriter alors quelqu'éclaissement & quelques reflexions.

X. On a deja dit presqu'en commençant, que l'appel comme d'abus, interjetté par Levi de la premiere Sentence de l'Official de Soissons, est insoutenable. L'appel comme d'abus, interjetté de la seconde, ne l'est pas moins. Pour dire qu'il y a abus dans cette Sentence, il faudroit être en état de produire quelque Loi de l'Eglise & de l'Etat, qui permît à Levi de se marier dans le cas où il se trouve aujourd'hui. Or Levi & ses Défenseurs sont dans l'impossibilité d'en produire une seule; car les opinions des Theologiens & des Canonistes, qui se détruisent les unes les autres, & qui se trouvent inferées dans plusieurs Rituels, & même dans quelques Catechismes, ne sont certainement pas des Loix de l'Eglise & de l'Etat. Il est vrai qu'on appuye ces opinions sur une interpretation du quinziéme Verset de la premiere Epitre de S. Paul aux Corinthiens, chap. 7. Mais nos Theologiens & Canonistes qui n'ont rien examiné, & qui se sont contentés de copier Gratien, se sont trompés sur l'explication de ce Verset, comme ils se sont certainement trompés sur le sens qu'ils ont donné au Verset 32. de l'Epitre de S. Paul aux Ephesiens, chap. 5. Leur interpretation est même combattue par une maxime du Droit canonique françois, qui nous apprend que le Baptême remet bien les péchés, mais qu'il ne dissout pas les mariages: *Baptismo solvuntur peccata, non conjugia.* Ce principe conforme à la doctrine des dix premiers siecles de l'Eglise, a été consacré par un Concile tenu en France au milieu du neuviéme siecle. Ce Concile vaut bien le Concile du Mexique, tenu dans le seiziéme, & qui a decidé en faveur de Levi. Le Canon du Concile de Meaux est la seule Loi qu'on puisse appeller une Loi du Royaume dans l'espece présente; & cette Loi adoptée & reconnue par Gratien & Innocent III. eux-mêmes, décide formellement contre Levi. Où est la Loi du Royaume qui décide qu'un Néophite marié dans l'infidelité, trouve dans son Baptême le privilege de rompre l'engagement le plus solemnel & le plus sacré de la Société civile? Il n'y en a aucune. Il est vrai que quelques-uns des Rituels où l'opinion des Theologiens & des Scholastiques a été insérée, peuvent avoir été enregistrés dans les Parlemens du Royaume; mais les Parlemens en enregistrant ces Rituels, n'ont jamais prétendu regarder tout ce qui y est inseré, comme Loi de l'Eglise & de l'Etat : une pareille prétention seroit des plus révoltantes, & pourroit entraîner après elle un très-grand nombre d'inconveniens ; car il en faudroit conclure en particulier, que les dispositions de chaque Rituel seroient des Loix de l'Eglise & de l'Etat, quoique ces Rituels renferment souvent des dispositions & des reglemens entierement opposés. La seconde Sentence que l'Official de Soissons a rendue contre Levi, n'est donc en contradiction avec aucune Loi de l'Eglise & de l'Etat; & par consequent on ne peut la soupçonner de la plus legere teinture d'abus.

Il est facile d'aller plus loin, & de prouver que cette Sentence à même bien jugé au fond. Pour y parvenir, il n'est pas nécessaire d'être Theologien par état, & encore moins de s'arroger des titres qui appartiennent exclusivement aux Evêques & aux
Conciles.

Conciles. En effet, il faut diftinguer deux fortes d'autorités fur les matieres dogmatiques; l'une eft l'autorité de Jurifdiction qui n'appartient qu'à l'Ordre Ecclefiaftique; l'autre eft l'autorité de difcernement, de perfuafion, & de conviction. Celle-ci peut appartenir à tout le monde, même aux Laïques, parce qu'elle ne vient pas des perfonnes, mais dépend uniquement des raifons fur lefquelles on s'appuye. Tertullien, laïc & marié, eft mis au rang des Docteurs de l'Eglife, quoiqu'il foit mort dans l'héréfie & dans le fchifme. S. Profper eut l'honneur d'être affocié avec S. Auguftin, pour défendre contre les Pelagiens les plus fublimes verités de la grace. Quelle autorité avoient-ils ? Celle de difcernement, de perfuafion & de conviction : en un mot, l'autorité que donnent la fcience, les lumieres, & les raifons folides. Or, on peut prouver d'après cette derniere efpece d'autorité, que la feconde Sentence rendue contre Levi par l'Official de Soiffons, a bien jugé au fond; car cette Sentence a été rendue fur l'autorité de l'Evangile & de S. Paul lui-même, expliqués par S. Auguftin qui eft après S. Paul, le plus grand Docteur de l'Eglife. L'Evangile & S. Paul décident, felon S. Auguftin, que le mariage eft indiffoluble dans tous les cas; parce que le Seigneur dit, fans aucune exception, *Nullâ exceptione factâ*, que tout mariage contracté légitimement eft indiffoluble, & que l'adultere & l'infidelité ne peuvent jamais en rompre le lien. Pour combattre une Sentence rendue fur des autorités fi refpectables, il faut en trouver une du même poids, qui faffe une exception à la regle générale, & qui décide que dans le cas de Lévi par exemple, le

L

Baptême diſſout le lien du mariage. Il faudra donc
trouver deux articles de foi, deux dogmes, deux
verités revelées, dont l'une nous apprendra que le
mariage eſt indiſſoluble dans la thèſe generale ;
l'autre, qu'il peut ſe rompre néanmoins dans l'eſpece où ſe trouve Levi. L'exception, pour être
admiſe, devra être auſſi claire que la regle, parce
qu'on ne peut reſtraindre la generalité d'un dogme,
que par une exception qui ſoit elle-même un dogme
auſſi clair que la regle. Levi en convient, & il
prétend en même-tems trouver cette exception
dans S. Paul. Il faut donc dire que l'explication
qu'il donne au quinziéme Verſet du ſeptiéme chapitre de la premiere Epitre aux Corinthiens, eſt une
verité inconteſtable, & un ſecond dogme qui ſim-
patiſe avec le premier. Il eſt néanmoins avoué que
cette explication n'a pas encore acquis le titre de
dogme ; qu'elle eſt douteuſe, quelque degré de
probabilité qu'on puiſſe lui accorder. L'autorité
ſeule de S. Auguſtin qui la combat, ſuffit pour la
ranger dans la claſſe des opinions. Une opinion ne
peut jamais détruire un dogme, ni même être miſe
en paralele avec lui, ſur-tout quand cette opinion
a été inconnue pendant les dix premiers ſiecles de
l'Egliſe. Ainſi l'Official a dû s'attacher à la generalité du principe, qui eſt un dogme, & abandonner
l'opinion qui ne peut jamais être miſe en paralele
avec le dogme. L'Official de Soiſſons a dû par conſequent préferer le dogme à l'opinion ; d'où il réſulte que la Sentence eſt réguliere même au fond.
C'eſt en partant du même principe de raiſonnement,
que le Concile de Trente fut arrêté par Soto, & qu'il
n'oſa pas s'élever contre les raiſons de ce celebre

Théologien, qui foutint avec autant de force que de vérité, que l'homme ne peut jamais rompre ce que Dieu a uni.

L'interpretation donnée au paffage de S. Paul, n'étoit donc pas une verité certaine, univerfellement reconnue comme un dogme, lors de la vingt-quatriéme Seffion du Concile de Trente, tenue en 1563. Cette interpretation n'eft donc pas un dogme, parce que le caractere effentiel de tout dogme, eft d'avoir été cru univerfellement, en tout lieu, & en tout tems : *Quod ab omnibus, quod ubique, quod femper.* L'interpretation donnée au paffage de Saint Paul n'eft donc pas un dogme aujourd'hui, elle ne l'étoit pas l'année derniere, lorfque l'Official de Soiffons a rendu fa feconde Sentence. Quel parti doit-on prendre quand il n'y a pas de dogme d'un côté, & que d'ailleurs il y en a un dont on fait une profeffion univerfelle aujourd'hui, comme on l'a faite dans tous les tems ? On met à l'écart l'opinion, & on décide d'après le dogme. C'eft la conduite qu'a tenue l'Official de Soiffons : il eft donc évident qu'il a bien jugé au fond, & que l'Official de Strafbourg a jugé au contraire, de la maniere la plus irréguliere & la plus révoltante.

XI. Ces réflexions développées fous une autre face, préfentent un plan de conduite aux Magiftrats chargés de prononcer fur l'appel comme d'abus que Lévi a interjetté de la feconde Sentence de l'Officialité de Soiffons. On n'obfervera pas que le mariage, qui regarde effentiellement l'ordre public, eft de la jurifdiction immédiate de la puiffance féculiere ; que les dogmes révelés dans le Nouveau Teftament par rapport au mariage, n'altérent en rien

cette jurifdiction; que c'eft en vertu de cette jurifdiction effentielle, que plufieurs Princes Catholiques
ont fait des Loix pour autorifer le divorce, quoique
Jefus-Chrift le défende de la maniere la plus formelle; & que ces Princes, malgré qu'ils ayent abufé
en cela de leur pouvoir, ne l'ont jamais perdu. On re-
marquera feulement, que les Loix de l'Evangile qui
condamnent la poligamie & le divorce, font des
Loix publiques de l'Eglife & de l'Etat, & que des
Magiftrats Catholiques ne peuvent s'en écarter dans
leurs Jugemens, fans fe rendre coupables de préva-
rication & d'iniquité; que ces Loix qui font en
vigueur aujourd'hui dans le Royaume, fans aucune
réclamation ni divifion, doivent être les motifs
néceffaires & invariables de leurs Arrêts; que tous
les flots des opinions doivent venir fe brifer contre
ces principes inébranlables; que la vérité doit l'em-
porter fur l'erreur, & que le dogme ne doit jamais
être mis en paralelle avec l'opinion; qu'ils doivent
tirer des préjugés, des divifions & des incertitudes
des Theologiens & des Canoniftes, de nouveaux
motifs de s'y attacher de jour en jour plus immuable-
ment que jamais, & faifir toutes les occafions d'empêcher qu'on ne leur donne atteinte.

Ces principes fuppofés, voici les raifonnemens
qui s'offrent comme d'eux-mêmes à l'efprit. Le Parlement ne peut pas juger du dogme, prononcer fur
le dogme, décider ce qui eft ou ce qui n'eft pas un
dogme. Cela eft vrai, & on en convient. Mais le
Parlement peut juger des faits, & la connoiffance
des faits eft inconteftablement de fa competence.
Le Parlement peut donc juger du fait, fi tel point
de doctrine eft reconnu univerfellement pour un

dogme; ou s'il ne l'eſt pas ; fi l'explication que pluſieurs Theologiens & Canoniſtes ont donnée ſur
l'autorité de Gratien, au 15e verſet du chapitre 7. de
la premiere Epître de S. Paul aux Corinthiens, eſt
adoptée comme une exception dogmatique aux
principes de foi ſur l'indiſſolubilté du mariage. Ils
ſe convaincront aiſément que non, 1°. Parce que
S. Auguſtin combat cette explication comme une
erreur capitale. 2°. Par le fait de Pierre Soto au Concile de Trente. 3°. Par le ſilence de preſque tous
les Peres des dix premiers ſiécles de l'Egliſe.
4°. Parce que le Canon *Si Infidelis* n'eſt pas de S.
Gregoire à qui Gratien l'a attribué, mais d'un homme obſcur, d'un ſchiſmatique & d'un ſectateur des
Luciferiens. 5°. Du fait preſqu'univerſellement avoué
aujourd'hui, que l'explication qu'on donne au texte
de S. Paul, eſt au moins douteuſe. D'où les Magiſ-
trats conclurent que cette explication, par cela
même qu'elle n'eſt pas univerſellement reconnue
pour un dogme de foi, ne leur ôte rien de l'autorité
qu'ils ont eſſentiellement ſur le mariage, ni du pouvoir qu'ils ont de le défendre en certains cas, &
ſingulierement dans ceux ou des Sujets du Roy vou-
droient le contracter au mépris des deux dogmes
univerſellement profeſſés ſur l'unité & l'indiſſolubilité du mariage ; dogmes révélés dans l'Evangile
comme tout le monde en convient, & qui ſont en
même-tems des dogmes politiques de l'Etat, dont
les Tribunaux ne ſe ſont jamais départis par un ſeul
Arrêt qui auroit été rendu en faveur de quelque
Néophite, dans une eſpece ſemblable à celle où
Levi ſe trouve aujourd'hui. En conféquence ils
déclareront qu'il n'y a abus, & défendront à Levi

de se marier avant la mort de Mandel Cerf sa legitime épouse. Ces Magistrats en faisant une pareille défense, n'interdiront pas directement la voye de l'appel simple auquel Levi pourroit avoir recours après avoir succombé dans son appel comme d'abus ; ce qu'on ne pourroit faire sans entreprendre sur la liberté des Tribunaux Ecclesiastiques. Mais par une voye indirecte & oblique, ils rendront l'appel simple inutile & frustratoire. Une pareille défense ne sera pas une entreprise sur l'autorité ou sur les droits de la Jurisdiction Ecclesiastique ; mais l'exercice d'un droit légitime qui appartient essentiellement à tous les Parlemens du Royaume, & dont ils peuvent & doivent même faire usage comme protecteurs au nom du Roy, de l'Eglise & de l'Etat : toutes les fois que l'interêt de la societé, le bon ordre & le bien public, le maintien de la pureté des regles, la conservation & l'integrité du dogme universellement connu & professé, en un mot, toutes les fois que le bien de l'Eglise & de l'Etat paroîtront l'exiger comme dans l'espece présente, de leur zele, de leur vigilance, & de leur amour pour la Religion & pour la Patrie.

XII. Le Conseil soussigné estime donc, 1°. Qu'on ne peut reprocher aucune espece d'abus aux deux Sentences que l'Official de Soissons a rendues contre Lévi, & que ces deux Sentences ont même bien jugé au fond.

2°. Que la disposition du Rituel de Soissons, ensemble un Arrêt rendu au Conseil Souverain de Colmar, & invoqué par Lévi, ne doivent faire aucune impression sur l'esprit de la Cour, parce que le Ministere public peut en tant que besoin seroit, in-

terjetter appel comme d'abus de la difpofition du
Rituel de Soiffons, relative au mariage des Néophites ; & qu'un Arrêt folitaire rendu dans un Tribunal
étranger, & qui heurte au fond tous les principes,
ne doit pas faire un préjugé dans une caufe de cette
nature, & d'une fi grande importance.

3°. Que fur les conclufions du Miniftere public
qui interjettera incidemment appel comme d'abus,
de la Sentence rendue en l'Officialité de Strafbourg,
la Cour eft très-bien fondée à défendre à Lévi de
contracter un nouveau mariage avant la mort de
Mandel Cerf, qui eft toujours fa femme légitime ,
malgré le Baptême de Lévi : parce que *le Baptême
peut bien effacer les péchés , mais ne diffout pas
les mariages.*

Déliberé à Paris ce 28 Décembre 1757.

LE RIDANT,

De l'Imprimerie de KNAPEN, au bas du Pont S. Michel.

www.ingramcontent.com/pod-product-compliance
Lightning Source LLC
Chambersburg PA
CBHW060441260626
47161CB00005B/2025